小学館文庫

帝都の用心棒

血刀数珠丸

馳月基矢

JN053932

小学館

目次

帝都の用心棒　血刀数珠丸

一．妖刀

血の匂《にお》いを嗅《か》いだ。

藤田五郎《ふじたごろう》翁はその途端、刀を手に、裏戸から飛び出した。

既に暗い。肌寒く湿った春風に雨が交じり始めた。

本郷区真砂町の入り組んだ坂道に人通りはない。帝都東京は騒擾《そうじょう》の絶えない町だ。日が落ちた後、ガス灯の明かりが届かない暗がりとなれば、なおのこと危うい。

確かに血の匂いがする。どこからだ？

物音がした。重たいものが地面にぶつかる音だ。

五郎翁は目を細め、動いた。雨に軋《きし》む老骨を叱咤《しった》する。

案の定、ごく近い場所だった。申し訳ばかりの狭い火除《ひよ》け地だ。そこで人が斬られていた。

血染めの太刀《たち》が、まず五郎翁の目に飛び込んできた。太刀を携えた巨漢は、頭も体も暗色の襤褸《ぼろ》で覆われている。襤褸はべったりと濡《ぬ》れていた。雨のせいではあるまい。

五郎翁は刀の鞘《さや》を払った。

人力車が横倒しになっている。首のない車夫が車輪の下でひしゃげている。客の男は道端に投げ出されていた。身なりのよい男だ。袈裟懸《けさが》けに斬られている。車夫の首は男の傍《かたわ》らに転がっている。

五郎翁は刀を構えた。

「何奴《なにやつ》だ」

巨漢は答えず、ただ唸《うな》りを上げた。襤褸の内側にくぐもる声は、まるで獣の喉《のど》から放たれるかのようだ。さもなくば鬼か、もののけか。

さあっと音を立てて雨脚が近付いてくる。

襤褸の隙間《すきま》から爛々《らんらん》とした目がのぞいている。唸り声は地鳴りのごとく響いている。

太刀がゆっくりと、八双《はっそう》の構えに振りかぶられる。

血の中に倒れ伏す男が呻《うめ》いた。まだ息があったのだ。

その瞬間、太刀が五郎翁に襲い掛かった。五郎翁は応じた。腰をためる。斬撃を刀で受ける。

強い。

ぞっとした。鳥肌が立った。それは恐怖にも歓喜にも似た心地だ。

力比べの愚など冒さない。五郎翁は斬撃を受け流す。そして踏み込む。豪速の刺突《しとつ》。

だが振り払われた。巨漢は前腕で五郎翁の刀を撥《は》ねのけた。金属の手応えがあった。人の生身の腕ではなかった。

轟《ごう》、と太刀が唸る。五郎翁は飛びのく。

追撃が来る。剛刀に搦《から》め捕り、いなす。

さらなる追撃。五郎翁は剣筋をそらす。

じりりと、両腕に痺《しび》れが走る。まともに打ち合わずとも、太刀の攻勢は猛烈だ。触れただけで、重い。敵は手強《てごわ》い。

五郎翁は間合いを取った。

「何奴だ。武士も浪人もさむらいも人斬りも皆、西南《せいなん》の役《えき》でとうに滅んだ。しかし、まれにおまえのような亡霊がいる」

襤褸の下で唸り声が波打った。いや、唸ったのではない。嗤《わら》っているのだ。

雨脚が強まる。雨と混じった血の匂いがひととき、ひどく濃く立ち込める。五郎翁は油断なく、切っ先を巨漢の太刀へ向けている。

巨漢もまた太刀を八双に構え、五郎翁を見据えていた。血染めの太刀が雨に洗われていく。

家々の明かりもガス灯の明かりも、やや遠い。銀箭《ぎんせん》のごとき雨が、ごく淡く照らされている。五郎翁は夜目が利《き》く。仮に本物の夜の暗さを知らない近頃の若者であれば、ぎらぎらと血濡れた太刀すらろくに見えるまい。

不意のことだ。

斬られて倒れた男が何事かを呻いた。五郎翁は、はっと気を取られた。

そのわずかの隙に、巨漢は踵《きびす》を返した。駆け出す。太刀を担ぐ後ろ姿はたちまち遠ざかった。

五郎翁は刀を鞘に納めた。呻いた男の傍らに膝を突く。

「おい。生きてるか？　おい」

五郎翁は男の肩を揺さぶった。応えはない。五郎翁は男の首筋に指で触れたが、脈はなかった。今しがたの声は、か細い断末魔だったようだ。

男のまぶたを閉じてやりながら、五郎翁は暗澹《あんたん》とつぶやいた。

「辻斬《つじぎ》りか？」

男の傍らに鞄《かばん》が転がっている。留め金が壊れ、琵琶に似た西洋楽器がのぞいている。血染めに乱れた男のシャツの襟から、蜘蛛《くも》が這《は》い出していた。入墨である。洋装の紳士には何とも不似合いだ。

ふと、五郎翁は奇妙なものを見出《みいだ》した。倒れた人力車のそばに二つ三つ、小さな玉が転がっている。近寄ってみれば、ほかにも四つ五つと落ちている。

五郎翁は玉をつまんだ。木製だ。よく磨かれ、糸を通すための穴が開いている。五郎翁も似たものを持っている。

「数珠玉《じゅずだま》……」

雨脚がさらに強まった。血の匂いは、雨の匂いに塗り込められていく。

碧一《へきいち》は笑った。

「とんだ茶番だ。酒の肴《さかな》にもならねえ。言ったじゃねえか。この世には、神も仏も呪いもあやかしも、ありやしねえよ。霊能力なんてものも」

そして貧乏徳利に口を付け、呷《あお》った。

光雄《みつお》は碧一を肘《ひじ》でつついた。

「やめろ。天下の東京帝国大学の講義室だぞ。酒なんか飲むやつがあるか」

「かまわねえだろう。御大層な講義の真っ最中ってわけでもなし」

「それでもだよ。おまえ、行儀が悪すぎるぞ」

「今さらだ。先生は全部お見通しさ」

碧一が顎《あご》をしゃくる先に、背筋の伸びた洋装の男がいる。東京帝国大学の理学部教授、山川健次郎《やまかわけんじろう》である。還暦が近いと聞くが、老いなど微塵《みじん》も感じさせない。静かな覇気に満ちている。

健次郎は、眼光鋭く碧一と光雄を一瞥《いちべつ》した。それから、壇上の女に向き直った。

「さあ、お答え願おう。失《う》せ物はどこにあるか。あなたの霊能力、念力を使って、何が見えたのかね？」

女は豆十三《まめとみ》と名乗った。芸者上がりで、まだ若い。豆十三は、わなわなと震えていた。びらびら簪《かんざし》が揺れている。白粉《おしろい》では覆い隠せぬほどに、顔が真っ赤だ。

帝国大学の檀上に豆十三が招かれたのは、長唄や踊りを披露するためではなかった。霊能力の実験である。

向島の花街に霊能力の芸を見せる女がいると、いつ頃からか評判が立っていた。学生たちがそれを噂《うわさ》するのだ。教授陣は頭を抱えた。学生が学問をそっちのけにして花街に関心を持つのはよろしくない。しかも、芸の中身が霊能力だという。

霊能力とは一体、何か。その力を持つ者は透視や千里眼、念写、失せ物探し、果ては人相見や予言や交霊さえ能《よ》くするという。果たしてそんな力があり得るのか。最古参の物理学教授である健次郎の問題提起により、検証がおこなわれることとなった。

講義室に居並ぶ教授陣の様子はそれぞれだ。ある者は帳面を繰り、ある者は眼鏡のレンズを磨き、ある者は腕組みをし、ある者はあくびをし、ある者は冷笑を浮かべている。

彼らは皆、東京帝国大学で自然科学の教鞭《きょうべん》を執る、筋金入りの理論派である。その筆頭が健次郎だ。

健次郎は再び豆十三を促した。

「お答え願えるかな？　それとも、今度もまた何も見えんとおっしゃるか？」

豆十三は唇を歪《ゆが》め、金切り声を上げた。

「卑怯《ひきょう》よ！　あんたたちは、あたしをこんな場所に一人にして！　あたしの助手はどこなの？　黙ってないで教えな！　あたしが力を出せないのは、あんたたちがこうやってあたしを怒らせるからなのよ！」

教授陣から苦笑が漏れた。

豆十三は既に二つの実験に失敗している。封筒に入った紙に何が書かれているかを当てる千里眼。紙を見つめるだけで脳裏にある絵を描いてみせる念写。

教授陣が用意した道具を用いた。助手を豆十三から引き離した。実験に公平を期するための二つの条件によって、豆十三は霊能力なるものを発揮できなくなった。三つ目の実験、失せ物探しもまた、再現性を証明できずにいる。

健次郎はついに結論を出した。

「答えられんというならば、もうよろしい。実験は失敗である」

「ま、待ちなさいよ。あのねえ、あたしは……」

「この実験については、我が大学の書記が記録している。写真も撮らせていただいた。実験は失敗である。さあ、お帰りいただいて結構」

豆十三は目を剝《む》いた。唇を嚙《か》み締めるせいで紅がすっかり落ち、代わりに前歯が赤く染まっている。

健次郎は自ら講義室の扉を開け、豆十三を退路へとエスコートした。目鼻立ちがくっきりと整った健次郎には、洋風の振る舞いがよく似合う。

光雄はかすれた口笛を吹き、帽子を指で弾《はじ》いた。

「さすがはアメリカ帰りの紳士であられる。格好いいねえ、山川先生は。今どきはあいう男が持てるんだぜ」

「知ったことか」

碧一は気《け》だるく目を細めた。渇きを覚え、一升入りの貧乏徳利に口を付ける。酔いも火照《ほて》りも感じない。うっすらとした眠気だけは、いつもふわふわと脳みそを覆っている。

面倒くさがりの怠け者、と光雄は碧一を評して言う。光雄は勤勉だ。もっとましな相手と組めばよいものを、光雄が声を掛けるのは、決まって碧一である。

豆十三は板張りの床を踏み鳴らして去っていった。後ろ姿を見送った光雄が、豆十三の着物を評論した。

「絹だな、ありゃ。つやつやしている。しかし、紺地に白い蜘蛛の巣模様ってのは珍しい。蜘蛛だぜ。女だてらに虫が好きなのかねえ？」

「女郎に掛けてんじゃねえか？」

「ああ、女郎蜘蛛か。芸者を名乗っちゃいるが、女郎の真似事《まねごと》もしますよってか？　しかし、俺の知ってる女郎は皆、蜘蛛の仲間にされたんじゃたまらないって、ずいぶん嫌がってたぜ」

　健次郎が教授陣に解散を告げた。教授陣は三々五々に講義室を出ていった。彼らを見送って扉を閉めるや、健次郎は眉間の皺《しわ》を深くした。

「実に不愉快だ。こちらはあらゆる可能性を鑑《かんが》み、霊能力をもあり得るものとして実験の場を整えたというのに」

　碧一は、顔に掛かる髪を搔《か》き上げた。

「山川先生は、頑固で偏屈な学者でございという看板を掲げているくせに、その実、世話を焼くのが好きと見える。こんな実験に手間暇を掛けてやるとはな」

　講義室は声がよく響く。ぼそりと、くぐもったしゃべり方をする碧一の声でさえ、残響の尾を引いた。

　健次郎は碧一を見やった。

「そもそも実験とは手間暇が掛かるものだ。加えて、ないものをないと証明することはきわめて困難なのだよ」

「今、証明したじゃねえか」

「あれは違う。ある、という事実の証明だ。豆十三嬢の霊能力芸に仕掛けがあることを証明したに過ぎん」

「へえ。そういうもんか。小難しいな」

光雄は慌てて碧一を肘でつついた。

「ヘキ、おまえ、口の利き方を考えろって。山川先生、大変失礼をいたしました」

健次郎は嘆息した。

「かまわん。加能《かのう》碧一くんがそのような人物であることは、既に私も承知している。うわべばかり礼儀正しいふりをされるより、率直な物言いをしてくれるほうが気持ちがいい」

「恐縮です」

「さて、待たせたな。私の教授室へ移動しよう」

健次郎の手招きに、光雄は素早く応じた。

上背のある健次郎と並ぶと際立つが、光雄は小柄だ。身頃の締まった洋装に、しなやかな筋肉を包んでいる。あれで碧一より年上なのだ。いっそ少年めいても見えるものの、実は三十を過ぎている。

光雄は振り向いた。

「ほら、ヘキ。おまえもさっさと来い」

「はいはい」

碧一はのそりと動いた。

健次郎は苦々しげに顔をしかめている。

「今回はまた、かつてなく厄介な案件かもしれん。貴君ら、妖刀が出没して人を斬っているという噂を耳にしたことはあるかな？」

光雄は目を丸くした。

「妖刀ですか？　俺はちょっとわかりませんね。ヘキ、知ってるか？」

碧一は黙って首を振った。

健次郎は口を結んでいる。よく表情を映す目が、行くぞ、と廊下のほうを指した。

話の詳細は教授室で、ということだ。


ほんの五十年前は、まだ徳川《とくがわ》幕府が日本を治めていた。将軍家の威光は既に弱まり、人々は異国船に怯《おび》え、世の中は大いに揺れ動いていた。

山川健次郎は会津《あいづ》藩士の家に生まれ、少年時代は藩校の日新館《にっしんかん》で学んだ。戊辰《ぼしん》の役《えき》では白虎隊に属し、少年兵として後方支援の任を負った。若松の城下町へ西軍が攻め入った折には、鶴ヶ城《つるがじょう》の籠城《ろうじょう》に加わり、総指揮を務める兄を補佐して奮戦した。

会津藩は戦《いくさ》に敗れ、藩士は散り散りになった。健次郎は兄の懸命の計らいによって渡米の機会を得た。単身、太平洋を渡り、エール大学で物理学を修めた。

この三年ほど、健次郎は東京を離れていた。九州は福岡の地で、新たな専門学校や帝国大学の設立と運営に奔走していたのだ。

「東京と福岡を行ったり来たり、先生もお忙しいもんですね。二人か三人いらっしゃるんじゃないかと思っちまいますよ。何人ぶん働いていらっしゃるんですかい」

光雄の軽口に、健次郎は少し笑った。

「五月には正式に東京帝国大学に再び着任する段取りだ。九州でなすべきことはまだたくさんあってな。後ろ髪を引かれるが、仕方あるまい」

訪れるたびに本が増えているこの部屋を、健次郎はただ教授室と呼ぶ。だが、健次郎の正式な肩書は、一介の教授に留まらない。

山川健次郎は、東京帝国大学名誉教授であり、学界と政界の橋渡し役であり、大日本帝国随一の教育者である。来月から着任する仕事は、二度目の東京帝国大学総長である。

健次郎は、さて、と切り出した。

「貴君らに二つのことを依頼したい。一つ目、人斬りの妖刀を巡る噂の真相を突き止めること。二つ目、妖刀と接触しかねん我が大学の学生を護衛すること。期限は、ひとまず本日より二週間とする。前金はこちらに用意した」

健次郎は机の抽斗《ひきだし》から封筒を取り出した。

光雄が封筒を受け取った。中身を確かめ、さっそくジャケットの胸ポケットにしまい込む。

「ありがたく頂戴します。しかしまあ、怖い顔をしていらっしゃいますよ。御機嫌斜めですね。何が起こっても、すぱっと頭を切り替えて仕事をなさる山川先生にしては珍しい。先ほどの実験、そんなに不快でした？」

健次郎は眉間をつまんで揉《も》みほぐした。

「手妻なら手妻と言えばよい。この科学と産業の時世にあって民衆の迷信を煽《あお》るとは、実に時代錯誤。実にくだらん話だ」

「仕方ありませんや。人は怖がることを楽しむ。謎が謎のまま一向に解けなければ不気味で、それが楽しいんですよ。学問を知らない俺らのような、阿呆《あほ》な連中にとってはね」

「行成《ゆきなり》光雄くん、貴君が阿呆であるとは、私は露も思っていないが」

光雄は肩をすくめた。

「そりゃあ光栄なことで。まあいいや。本題に入りましょう。先生のおっしゃる妖刀ってやつは何なんです?」

「知らんかね?」

「や、変死体がどうのこうのって話は、そういや、御頭《おかしら》の弟御から聞いてますよ。御頭の弟御ってのは警視庁勤めの人なんで。ばっさり斬られた変死体が立て続けに出てるって話ですね。それが妖刀のしわざってことになってるんですかい?」

健次郎は机の抽斗から紙の束を取り出した。雑誌の切り抜きである。すべての記事の見出しに「刀」の文字が躍っていた。

「怪しげな噂を広めているのは、小規模なゴシップ専門誌だ。新聞のような体裁を取っているが、学生が気に入るネタばかり取り上げ、娯楽小説を礼賛し、主権在民に関わるきわどい寄稿を載せることもある。大学のすぐそばで売られているのだ」

「学生さん相手の三文雑誌ねえ。『早耳ペーパー』ってのが雑誌の名前ですか。帝国大学の学生さんでも、こんな話を好むもんなんですね」

「実を言えば、この手の話を頭から信じる者も多い。幼い頃より勉学だけに励んできたせいで世間を知らんのだ。これが本当に危うい。詐欺や噂話、怪談や迷信には極端に弱くてな。もっともらしく話して聞かされれば、ころりとまいってしまう」

光雄は一枚の切り抜きを拾った。最も長く詳しく書かれた記事だ。光雄の目が、ざっと記事の上を走る。

「一連の事件が起こり始めて、およそ半年か。夜、路上で人が斬り殺されている。下手人は妖刀、あるいは人斬り刀と呼ばれるが、妖刀の正体を見た者はない。どの死体も見事な太刀筋でばっさりか。どう思う、ヘキ？」

「首と胴体が泣き別れになった死体が毎回出ているとなると、大した使い手だな。全部、同一犯か」

長身を屈《かが》めて、碧一は光雄の手元をのぞき込んだ。光雄は顔をしかめた。

「酒くせえな、おまえ。同一犯だろうよ。大した使い手がそうごろごろしていてたまるもんか」

碧一は懐《ふところ》手《で》をして、切り抜きに冒頭から目を通した。仰々しい文章だ。血染めの太刀の挿絵まで入って、人の恐怖心を煽り立てる。

「趣味が悪い雑誌だ」

碧一は髪を掻き上げた。まとまりのない長髪は、掻き上げるそばから、ばらりと落ちてくる。

まるで浪人者のようだと言われる風体の碧一である。擦り切れた袴《はかま》を着け、腰に刀を差す代わりに貧乏徳利を引っ提げている。藤色の首巻をして軍靴を履いているのが、わずかながらモダンな取り合わせだ。

光雄は机上の切り抜きの一つを指差した。

「人斬り刀の名前は、数珠丸《じゅずまる》というんですね。なぜなら、その刀が人を斬る前には、事件を予言するかのように、どこかで必ず血染めの刀と数珠玉が発見されるから。そして、その刀が斬った死体のそばにもまた数珠玉が転がっているから、と」

碧一は目を細めた。

「血染めの刀に数珠玉とは、凝った演出だな。お江戸の怪談噺《ばなし》かよ」

「ああ、気味が悪い話だ。山川先生、これはどこまで信憑性《しんぴょうせい》のある記事なんです?」

健次郎はどさりと椅子に掛けた。苛立《いらだ》っているようにも疲れているようにも見える。

「残念ながら、信憑性は高い。見事な太刀筋による斬殺死体が出て、その傍らに数珠玉があったという目撃談を、個人的な伝手《つて》から得た。血染めの刀と数珠玉のほうも目撃されている。こちらも、私が信頼を置く人物が実際にその目で確かめたことだ」

「犯人の手掛かりは？　雑誌によれば、目撃者なしとのことですが」

「いや、目撃者はいる。今言ったとおり、私の知人が見たのだ。目撃してなお生きているのがただ一人、という言い方のほうが正確かもしれんが」

「その目撃者さんは、何とおっしゃってたんです?」

「太刀を携えた巨漢を見た、とのことだ。太刀の刃渡りは長く、二尺七、八寸もあった」

光雄の右手の親指と人差し指が動いた。そろばんを弾く動きだ。

「八十センチメートルを超える刃渡りの刀、ですか。ずいぶんでかいんじゃありませんか？」

健次郎は首肯《しゅこう》した。

「旧幕時代に武士が差料とした刀より長い。そのぶん重いわけだが、それを軽々と振るう巨漢だったそうだ。覆面によって顔はわからなかった。とにかく凄《すさ》まじい身のこなしだったという。人間離れしていた、という言い方もしていた。鬼かと思った、と」

碧一は口を挟んだ。

「この記事にゃ、太刀のほうが本体だとあるぜ。異形の巨漢は太刀が操る人形に過ぎねえんだと」

「そう、学生たちはそれを半ば信じてしまっている。殊《こと》に人文系の、国史や国学に親しむ学生たちだ。我が国において刀剣の担ってきた精神的役割、宗教的役割に照らせば、さもありなんと」

光雄は頰《ほお》を引きつらせた。

「よしてくださいよ。人が相手なら、俺らも商売です。調査も護衛も怖くはありませんが、何ですか。刀剣の呪いだか念だか、そういうのは俺らの範疇《はんちゅう》じゃありませんって。祓《はら》い屋を雇ったほうがいいんじゃないですかい？」

健次郎は碧一に水を向けた。

「加能くん、貴君はどう思うかね？」

碧一は答えた。

「あり得ない。この世には、神も仏も呪いもあやかしも、ありやしねえよ」

健次郎はうなずいた。

「結構。私は、ゆえに貴君を信用している」

「どうも」

「行成くん、加能くんを補佐してやってもらえるかね。私は貴君のことも頼りにしている」

光雄は照れくさそうに頬を掻いた。

健次郎の物言いは先生らしさにあふれているから面映《おもは》ゆいと、光雄はたびたびこぼす。小学校を出て以来、先生と呼ぶ相手もいなかったという。

光雄は、前金の封筒を納めた懐をぽんと叩《たた》いた。

「まあ、仕事は仕事ですね。御依頼は確かに承りました。ヘキの面倒は責任を持って見ますよ。それで、具体的には何をすればいいんです？」

ちょうどそのとき、教授室の扉を叩く音がした。コツコツと、品よく二回。分厚い板の向こうから、凛《りん》とした若い声が聞こえた。

「山川先生、中村泉助《なかむらせんすけ》です。お約束のとおり参りました」

「入りたまえ」

健次郎の応えに、扉が開いた。眼鏡を掛けた色白の男が教授室に入ってきた。

「失礼します」

詰襟の学生服に制帽をかぶり、長いコートを身に着けている。東京帝国大学の学生として模範的な出《い》で立ちだった。まだ若く、線が細い。

健次郎は彼を紹介した。

「中村泉助くんという。我が大学で工学を修めんとする学生だ。例の件の、犯行を予言するかのような血染めの刀の目撃者でもある。このたびの依頼はほかでもない、中村くんを護衛しつつ、彼と共に妖刀事件の解決を目指してほしい」

泉助は碧一と光雄に向き直り、深く腰を折った。

「私は浅学非才な一学生に過ぎませんが、何としても本件の謎を解き明かしたく考えております。御協力のほど、どうぞよろしくお願いいたします」

堅苦しいやつだ、と碧一はつぶやいた。聞き咎《とが》めた光雄が、碧一に向けたほうの横顔だけを器用にしかめてみせた。

健次郎は言った。

「本件、実に不可解な事件ではある。だが、それは物事の一面しか見えておらんせいだろう。先ほど検証した霊能力にすべて仕掛けがあったようにな。私には、怪異の類《たぐい》の存在を無条件に認めることはできん」

健次郎は、机上の資料の山のふもとから扇子を手に取った。扇面を閉じると、重ねられた仲骨の上に花の絵が描かれている。

「百合《ゆり》の花ですね」

光雄の言葉を、健次郎は訂正した。

「鬼百合だ。会津でよく見ていた。東京にも咲いている」

ああ、と碧一はうなずいた。

「タイガーリリーか。鬼百合は、英語では、虎の百合と呼ぶ。白虎隊出身の山川先生に似合いの花ってわけだ」

光雄は眉《まゆ》を段違いにした。

「ヘキ、おまえ、たまにすげえ洒落《しゃれ》たことを知ってるよな。どこで仕入れるんだ？」

「ほっとけ。それで先生、その扇子が何だ？」

健次郎はしかつめらしい顔で説いた。

「先ほどの話の続きだが。なぜ私が怪異や幽霊、霊能力の類を信じず、疑ってかかるのか。それは、常識を疑うところから自然科学の発見が導き出されるからでもあるし、もっと単純な理由もある」

語りながら、健次郎はゆらゆらと扇子を振った。ぱっと手を止めたとき、仲骨の上にあったはずの鬼百合の絵がない。

碧一は目を丸くし、光雄は身を乗り出し、泉助は声を上げた。健次郎は平然として話を続ける。

「私は幽霊を見たことがない。化けて姿を現してほしい相手はたくさんいる。戊辰の役で死んでいった会津の仲間たちだ。幾度となく呼んでもみたが、ただの一人も現れてくれん。実在の立証もできんものを、さて、どうやって信じられるというのだ」

健次郎は、すっと扇子を撫《な》でた。節の張った手指が触れた後には、仲骨の鬼百合が再び現れている。

泉助は困惑顔だ。

「山川先生、これは一体……今の現象はどのように解釈すればよろしいのでしょう？」

光雄はおもしろがって手を叩いた。

「すげえ。それこそ霊能力じゃないっすか？」

碧一は鼻を鳴らした。

「馬鹿。そんなもんが世の中にあるもんかよ」

「でも、ヘキも驚いただろう？　おもしれえなあ。インチキ霊能力者を撃退した科学者の先生が、霊能力みたいなことをやってのけるんだぜ」

健次郎は、にやりと、唇の片方を上げた。

「これには仕掛けというほどの仕掛けもない。気付く者はすぐに気付く。ものごとを複雑に考えては、かえって正解から遠ざかるぞ」

健次郎は再び扇子をゆらゆらと振って鬼百合の絵を仲骨に咲かせてから、扇子を机の抽斗にしまい込んだ。


残暑が緩み始める頃であったから、それは半年ほど前のことだ。

神田と浅草のちょうど境目のあたり、流行《はや》りの古着屋の裏手にある割長屋に、鉄蔵《てつぞう》は住まいを得た。

昔は職人長屋と呼ばれたらしい。住まいは作業場を兼ねており、客の訪れも多かった。夏に大正と年号が改まった今では、住人の顔ぶれもまったく変わっている。研ぎ師の長吉《ちょうきち》の作業場だけが当時の名残《なごり》だ。

長吉は、鉄蔵の研いだ清光《きよみつ》銘の短刀を眼前に持ち上げた。節張って皺だらけの手が震えるたび、日の光を受けた刃《やいば》がきらきらと輝いた。

「見事なもんだ。これだけきちっとした仕事ができるんなら、俺の道具をそっくり譲ってやるのもやぶさかじゃあねえ。ここも好きに使ってくれ」

鉄蔵は、顔をくしゃくしゃにして微笑《ほほえ》んだ。勢いよく頭を下げる。

「ありがとうございます！」

長吉は短刀を下ろし、笑った。右目が白濁している。腕は枯れ枝のようで、一尺に満たない短刀さえひどく重たげに見える。

「丸一年、使ってねえ仕事場だ。掃除もせずにほったらかしでな。道具も、がたが来ちまってるやつがあるだろう」

「かまいません。親方の砥石《といし》を使わせていただけるのなら」

「親方なんて呼ぶな。もう職人でも何でもねえ、ただの老いぼれだ。目がこんなになっちまってな、ある朝、急に何もかも嫌になったんだ。満足な仕事ができねえ手前が情けなくて、刃物も砥石もほっぽり出しちまった」

ここが職人長屋であった頃なら、作業場と道具を引き継いでくれる弟子もいただろう。そう言って、長吉は遠い目をした。長吉自身、そんなふうにしてこの長屋に居着いたのだという。東京が江戸と呼ばれていた頃のことだ。

「長吉さんは、今はどちらにお住まいで？」

「すぐそこよ。古着屋をやっている倅《せがれ》のところに厄介になっとる。倅の店は、シャツやズボンなんぞの品揃《しなぞろ》えがいい、しかも安いってんで、学生やら若い連中に評判がいいんだ。老いぼれの一人や二人、倅夫婦の稼ぎでたやすく養えるって寸法でな」

「そうですか。こちらの長屋、引き払ったりはしなかったんですね」

「忍びなかったんだよ。道具もすぱっと処分しちまおうかと思ったが、どうにもつらかった。差配さんもお人好《ひとよ》しで、この老いぼれの感傷に付き合ってくれる。借り手が見付かるまではこのままにしましょうなんて言ってな」

鉄蔵は土間を見やった。裏長屋には珍しく、日当たりのいい土間だ。

「ここは明るいですね」

鉄蔵が東京へ出てきて一月足らず。建物の密集した東京では、どこの安宿も長屋も薄暗く、じめじめしていた。

「この部屋も昔は暗かったぞ。いつぞや、どこぞの金持ちがそこいらの土地を買ったらしくてな、御殿を建てるんだと聞いたが、長屋を二棟ほど取り壊してそれっきりだ。おかげでここに日が当たるようになった。まあ、日当たりのよさは一長一短だな」

「研ぎの仕事のときは、部屋が暗いほうが刃の状態がよく見えますからね」

長吉は、にっと笑った。年の割に丈夫そうな歯がのぞいた。

「さあ、おまえさんとお仲間と、ここに住むといい。西国の田舎《いなか》と比べりゃあ、こんな長屋は狭っ苦しいだろうが、東京ではどこもこんなもんさ。江戸の頃から、ちっとも変わりゃしねえ」

鉄蔵は目を見開いた。不惑に手が届いたが、丸顔でくるくると表情が変わるせいか、年より若いと思われがちだ。

「手前が西国から参ったと申し上げましたっけ？」

「いや、言葉がな、何となくだが。違ったか？」

鉄蔵は苦笑した。

「違いません。西国より列車に揺られて東京まで出てきました。こちらの言葉を真似るのは得意なつもりなんですが、やはり訛《なま》りがありますか」

「ちょいとばかりな。しかし、東京弁もなかなか巧みだ」

「東京育ちの講談師がうちの田舎にも回ってきてくれるので、言葉を教わりました。いくつか演目も覚えましたよ」

「ほう、講談か。どういうのが好きだね？」

「初めて聞いた演目は長曽祢虎徹《ながそねこてつ》でした。子供の頃ですが。刀工虎徹の名工伝を最初に聞かなかったら、講談のおもしろさを知ることもなかったかもしれません。手前は刀が好きなもので」

戦国の世が終わり、徳川二百六十余年の治世が始まった頃。刀工長曽祢虎徹は、美しさと切れ味を兼ね備えた大業物《おおわざもの》で鳴らした。江戸では町人でさえ、虎徹といえば名刀と知っていた。あまりの名声ゆえ、贋作《がんさく》が多くはびこることにもなった。

長吉は大いにうなずいた。

「おまえさんも刀が好きかい。虎徹や正宗《まさむね》なんかの名工伝はいいよなあ。俺ぁ、武芸物や軍記物も小僧の時分から好きでな」

「ああ、いいですよね。武芸物なら宮本武蔵《みやもとむさし》や塚原卜伝《つかはらぼくでん》、軍記物なら真田《さなだ》十勇士や源平盛衰記」

「そうそう。武芸物や軍記物にゃ刀も登場する。修羅場調子で、滔々《とうとう》と小気味よく、大業物の名が読み上げられるんだ。あれがべらぼうに格好いいじゃねえか」

「わかります。武者が勇ましく打ち振るう刀を思い描くだけで、血がたぎるようです」

長吉は、皺だらけの首をすくめた。

「ところがどっこい、近頃の小僧どもは、刀の姿を思い描くってえのがうまくできねえらしい。本物を見たことがないそうだ。警官のサーベルとごっちゃになっていやがる」

「そうでしょうね。御一新に廃刀令、とどめは西南の役で」

「それっきり、さむらいはいなくなっちまった。刀は無用の長物。俺は包丁やら鋏《はさみ》やらを研いで糊口《ここう》をしのいじゃいたが、鍛冶の連中はみんな商売を鞍《くら》替えしたね」

「やはり、今となっては、刀が相手では食っていけませんか。東京でも」

長吉は剝き出しのままだった短刀を布でくるんだ。刃物を扱う職人らしい、素早く丁寧な手付きだった。

「刀だけじゃあ食えねえよ。おまえさんの生まれ在所でもそうだったんだろう？　選《え》り好みせず、あれもこれも引き受けなけりゃ、稼ぎが足りねえんだ。おまえさん、たいそう器用だが、研ぎ一筋の職人じゃあねえよな？」

長吉の両の目がじっと鉄蔵を見つめた。右目は白濁し、光がない。左目にも白い霞《かすみ》が掛かりつつある。

鉄蔵は正直に答えた。

「研ぎ一筋ではございません。おっしゃるとおり、いろいろやっておりました」

「いろいろか」

「ええ。おかげでどうにか潰《つぶ》しが利きます」

不意に、土間の日差しが、ぬっと陰った。大柄な男が表に立ったのだ。

ああ、と鉄蔵は笑った。

「来たか、赤錆《あかさび》」

赤錆は体を屈《かが》め、鴨居《かもい》をくぐった。

真っ白な蓬髪《ほうはつ》が天井に届きそうな大男である。御一新より五、六年ばかり前に生まれたというから、五十を一つ二つ超えたところだ。髪と顔は年より老けて見える。一方で、がっちりと鍛え抜かれた体はたくましく、若い軍人でもかないそうにない。

長吉はおもしろがる目をして赤銹を見上げた。

「相変わらず、でかいなあ。何を食ったら、そこまで育つかねえ」

赤銹は三和土《たたき》に腰を下ろし、破顔した。恐ろしげなほど体の大きな男だが、笑うと妙に愛嬌《あいきよう》がある。

「母親の腹の中にいる頃から、でかかったらしいんですよ。母親もまた、小山のようにでかい女だったそうですが。ああ、鉄蔵さん。明日から十日ほど仕事に出ることになった。かまわんかな？」

「どこで、どんな仕事だ？」

「赤坂の溜池《ためいけ》の、何とかいう西洋料亭の庭を造る仕事だそうだ。俺は土を運んだり岩を運んだり、まあ、力仕事だな」

溜池と呼ばれる場所はもともと湿地帯で、雨が降れば水がたまった。それを活《い》かして溜池が設けられていた頃もあったというが、御一新以降、埋め立てられた。今では、洒落た茶屋や料亭が立ち並んでいる。

そういった事柄をすいすいと語った赤銹は、もう一言、付け加えた。

「件《くだん》の料亭には時折、多摩峰《たまみね》トワ子が来るらしい」

鉄蔵は目を細めた。

そうだそうだと手を打ったのは長吉である。

「青洋軒《せいようけん》のことじゃろう。祈禱師《きとうし》か何か知らんが、その多摩峰何某《なにがし》とかいう女の助言に従った途端、店が流行り出したとな」

鉄蔵は笑みをこしらえた。

「多摩峰トワ子という人の話は、行く先々でうかがいますね。手前に短刀の研ぎを任せてくださった呉服屋の旦那も、いつかお目に掛かりたいとおっしゃっていました」

「倅のところの店では、学生連中も噂しておるぞ。奇妙な力を使うとか、英語も堪能な才女だとか。真偽のほどはわからんが」

「なかなか会えないようですね」

「よほどの金持ちにしか会わんという噂だ。気になるかね？」

鉄蔵は、笑い皺でくしゃくしゃの顔のまま、かぶりを振った。

「東京にはいろんな人がいるのだなと感心しております。手前どものような田舎者がお目に掛かるなど。なあ、赤錆」

赤錆は乱杭歯《らんぐいば》を剝き出しにして笑った。

「今はまだまだ、右も左もわかりませんや。追々、東京の暮らしに慣れていこうと思います。長吉親方も、力仕事なんぞあれば、おっしゃってくださいよ」

「ああ、頼むぞ。よろしくな」

長吉は機嫌よく帰っていった。後で近所の湯屋に案内しようと、約束を置いていった。

鉄蔵は一息ついて、部屋をぐるりと見渡した。

日差しに埃《ほこり》が透けている。天井に一ヶ所、雨の漏りそうな傷みがある。中二階には古びた布団が放ってあった。干して叩けば使えるだろう。

赤錆はのそりと立ち上がった。

「宿に預けてある荷物を取ってくる」

「儂《わし》も行こうか?」

「いや、一人でいい。掃除でもしといてくれ」

「わかった」

赤錆は鴨居をくぐり、振り向いて背中を屈めた。秋の日を背にした顔は、確かに笑っている。

「後戻りはできんぞ」

「今さらだ。里を出るとき、名さえ捨ててきたんだ。ようやく継承を許された名を」

「引き返すつもりは、もう本当にないんだな」

「むろん。進むだけだ」

鉄蔵は顔をくしゃくしゃにして笑った。

それが半年ほど前、大正元年秋の出来事である。

お昼前に少し雨が降った。気まぐれな通り雨だったようだ。窓の向こうにはもう青空が広がっている。

軒先にきらきらと輝くものを、千鶴子《ちづこ》は見付けた。

「あら、蜘蛛。きれいね」

蜘蛛の巣は、繊細に編まれたレースにも似ている。そこに宿った雨垂れが日の光を浴び、白珠《しらたま》のように愛らしい。

淑女育成を謳《うた》う女学校も、お昼休みとなればにぎやかだ。級友の由子《ゆうこ》が、千鶴子のそばに身を寄せた。

「どうなさりました？　千鶴子さん、何を見ていらっしゃるのでしょうか」

千鶴子はガラス越しの蜘蛛の巣を指差した。

「御覧になって。あちらのお針子さんが見事なレースを編んでいましてよ」

由子は見上げ、目を輝かせた。

「蜘蛛ですね。縁起がよろしゅうございますこと」

「縁起？　そういうおまじないがありますの？」

「あら、千鶴子さんは御存じありませぬか？　今、蜘蛛の印の御守が流行っているではありませぬか」

話を聞き付けたようだ。級友のスミは、切れ長な目をはしっこくきらめかせると、懐から小さな巾着袋《きんちゃくぶくろ》を取り出した。

「先生には内緒よ。わたし、蜘蛛の御守を持っているの」

ええっ、と声を上げてしまった由子は、慌てて口を押さえた。千鶴子は油断なくきょろきょろと周囲をうかがう。

「御安心なさって。今、先生も級長も教室にいらっしゃいませんわ。スミさん、御守を見せてくださる？」

十五歳の少女たちは紫袴の裾を寄せ合い、額を突き合わせた。スミは袖に隠しながら、手のひらに載せた御守をそっと、三人の真ん中に差し出した。

小さなガラスの板だった。ほっそりとした蜘蛛の模様が、透明の中に閉じ込められている。

由子のそばかすの頬にほんのりと朱が差した。

「神秘的ですね。とても美しゅうございます。多摩峰トワ子さまの御守ですものね。スミさん、これをどうやって手になさったのですか？」

スミは大切そうに蜘蛛の御守を撫でた。

「姉がお誕生日に贈ってくれたの」

「まあ、すてきですね。スミさんのお姉さまは、さすが、よくおわかりでござります。わたくしの兄とは大違いですね」

「そこは良し悪《あ》しだわ。姉妹だと比べられてしまうもの。姉もここに通っていて、結婚で中途退学したの。今のわたしたちと同じ、四年生でのことよ。十五でお嫁に行くだなんて、わたしはやっぱり早いと思うけれど」

そうでしたわね、と千鶴子はあいづちを打った。ちょっと小首をかしげる。

「確か、お互い好き合っての結婚ではありませんでした？　スミさんの御両親のお店で奉公なさっている板前さんがお相手で」

スミは、ぷっと噴き出した。

「奉公に板前さんって、千鶴子さん、うちの親が聞いたら苦笑いよ。義兄になった人は、若くしてフランス大使館の厨房《ちゆうぼう》に立ったこともある一流シェフなんだから」

「まあ、御免あそばせ。そのとおりね。わたくしったら、古くさいことを申しましたわ。スミさんのところのお店にお邪魔したこともあるというのに」

千鶴子は桜色の袖を口元に添え、くすくすと笑った。

スミの家は赤坂で人気の洋食屋、青洋軒を営んでいる。ハイカラでありつつ、日本人の舌に合わせたまろやかな味わいが話題を呼んだ。東京で手に入りやすい食材を使うことも手伝って、値段はさほど高くなく、格式張ってもいない。

庭がまた見事だったことも、千鶴子には印象深い。昨年の秋に整えたばかりだというう。こんこんと水の湧く白亜の泉が美しかった。花畑には、まもなくふっくら開こうとするつぼみが春の日差しを浴びていた。

「千鶴子さん、ぜひまたうちの店にいらしてね。母が喜んでいたのよ。千鶴子さんとお母さまはきれいだし、お付きの殿方たちは格好いいし」

由子は頬を両手で包んだ。

「スミさん、ずるいです。千鶴子さんのところの殿方たち、本当にすてきですものね」

「ああ、由子さんも彼らとお会いしたことがあるのね。背の高い仏頂《ぶっちょうづら》面のかたと小柄で笑顔のかたと、お二人?」

「ええ、そのお二人ですけれど、スミさんったら、仏頂面だなんておっしゃってはなりませせぬ。その昔、御立派な武士はたやすく微笑まないものだったそうです。きっとあの背の高いかたは、昔ながらの武士そのものでいらっしゃるのですよ」

「ふうん。由子さんは武士のような殿方がお好きなのね。わたしは、笑顔がすてきな殿方がいいわ。千鶴子さんのお付きを務めていた小柄なほうの殿方、給仕を手伝っていたわたしにまで、にっこりしてくれたの。きっと裏表のない、いい人なのだわ」

千鶴子は袖で口元を隠して忍び笑いをした。背の高い仏頂面の碧一が武士のようだというのも、小柄で笑顔の光雄が裏表のない人柄だというのも、千鶴子にはおかしくてたまらない。

母と一緒に青洋軒を訪れたのは春休みのことだ。護衛を兼ねた従者として、碧一と光雄を指名した。

碧一は面倒そうな様子を隠しもしなかったが、珍しく洋装をして長髪に櫛《くし》を通し、馬車の御者を務めた。店内まで付き従って甲斐甲斐《かいがい》しく世話を焼いてくれたのは光雄だ。英国貴族付きの執事よろしく、少々時代がかった燕尾服《えんびふく》を小粋に着こなしていた。

千鶴子は、目ざとく耳ざとい光雄が言っていたのを思い出した。

「あの日、青洋軒には有名なかたがいらっしゃっていましたわね。飛ぶ鳥を落とす勢いで人気急上昇中の役者や小説家、活動写真家も」

「あら、千鶴子さん、よくお気付きで。そうなの。若手の小説家や詩人がよくいらっしゃるのよ。女流作家さんもね。でも、もっと特別なお客さまがいらっしゃるときがあるの。そういうときはお店が貸し切りになって、わたしも顔を出せなくなってしまうのだけれど」

「もっと特別なお客さま？」

スミは唇の前に人差し指を立て、いたずらっぽく声をひそめた。お下げ髪がぴょんと揺れる。

「あのね。多摩峰トワ子さまなの。うちの特別なお客さま」

　由子は目を真ん丸にした。思いっ切り息を吸い込んだ後、そろそろとしたささやき声を吐き出す。

「トワ子さま……わたくし、お話ししてみとうございます……」

　スミは深くうなずいた。

「本当よ。わたしもね、両親や姉夫婦に頼んでみたのだけれど、まだ駄目って言われてしまったわ。トワ子さまの集まりには、華族さまもいらっしゃるんですって。わたしが給仕をしては、うっかり粗相をしてしまいそうで駄目なの」

　千鶴子は小首をかしげた。

「そういえば、多摩峰トワ子さんもこの女学校に通っていらしたという噂を聞いたことがありますわ。本当なのかしら」

　由子とスミは顔を見合わせた。二人揃って、かぶりを振る。確かなことは知らないようだ。

　女学校は噂話の宝庫である。少女たちはあちこちから香ばしい噂話を集めてくる。中でも今、人気を博しているのは、多摩峰トワ子なる女の噂だ。

　多摩峰トワ子は奇跡の力を使うらしい。多摩峰トワ子は美しいらしい。多摩峰トワ子は不老不死らしい。多摩峰トワ子はとんでもないお金持ちらしい。多摩峰トワ子は蜘蛛のあやかしを飼っているらしい。

しかし、噂は所詮《しょせん》、噂だ。少女たちはああだこうだと話をするだけで満足してしまう。真相を突き止めようとはしない。

物足りない、と千鶴子は思う。もっと深く知りたいと、なぜ皆は求めないのか。袴にブーツの男装をして学校に通う。そんな少女でいられる時間など、儚《はかな》いほどに短いというのに。

千鶴子はいつも焦燥している。今のうちに、心のままに振る舞うことが許されるうちに、力いっぱい羽ばたいておきたい。

スミはガラスの蜘蛛を手に、うっとりと頰を染めた。

「姉がわたしのことをトワ子さまにお話ししてくれたらしいの。そうしたら、いつかお会いしましょうって言ってくださったんですって。悩める乙女の相談ならいつでもどうぞって。トワ子さまは乙女の味方なのよ」

「悩める乙女の味方でございますか」

つぶやいた由子は、眉間にうっすらと皺を寄せている。愁眉、という優雅な響きの言葉を千鶴子は思い出した。

「由子さんにはお悩み事がありますの？　ほら、このあたりが曇り空ですわ」

千鶴子は由子の眉間に、指先でちょんと触れた。

由子は、母も祖母も華族の御令嬢だという。さもありなん、古風な結い髪に古風なしゃべり方をする由子自身、どこか浮世離れしている。いかにも本学にふさわしい淑女の卵だ。

やんわりとした笑みを浮かべた由子は、かぶりを振った。

「何でもありませぬ。ただ、スミさんがお持ちのもののように美しい御守をわたくしも持っていれば、きっと心強いのでしょうにと、そう思ってしまっただけです。ないものねだりと言えましょう」

千鶴子とスミは視線を交わした。やはり、由子は元気がない。入学以来、親しく過ごしている仲だ。由子がどんなに隠そうとしても、千鶴子とスミには、ぴんとくるものがある。

スミは由子の目をのぞき込んだ。

「トワ子さまの御守には、もっと上等なものもあるらしいわ。翡翠《ひすい》や黒曜石、珊瑚《さんご》や鼈甲《べっこう》でできたものも、きらきらした外国の宝石でできたものもあるんですって。由子さん、お父さまやお祖父《じい》さまにおねだりしてみたらいかが？」

「そうですね。でも、わたくしみたいなへちゃむくれには、宝石の御守など似合いませぬ。千鶴子さんくらい美しければ、きっとお似合いでしょうけれど」

千鶴子は目をしばたたいた。

「あら、わたくし？」

由子はうなずいた。

「さっそく新入生たちが騒いでおりましたよ。先日、新入生の歓迎祝賀会で薙刀《なぎなた》の演武を披露なさったでしょう。あの演武に憧れぬ生徒はおりませんでした。本当に凛々《りり》しく、お美しくて。わたくしも見惚《みと》れてしまいましたもの」

スミは大いにうなずき、歌うように唱え上げた。

「白皙《はくせき》の美貌に黒絹の髪。両の瞳はまるで夜空のごとく、きらきらと星を宿して輝く。襷《たすき》を掛けた袖からのぞく白き細腕。手弱女《たおやめ》の身にも覇気をまとうさまは神々しいばかり。腕自慢の益荒男《ますらお》などあっさりと怖気《おじけ》づき、おのずとひざまずくでしょう」

「あのとき千鶴子さんが頭の後ろで結んでいらした赤いリボン、新入生の間ではやっているのだそうですよ。長い髪を背中に流す、その髪型も」

千鶴子は苦笑した。

「そう言っていただけるのは嬉《うれ》しゅうございます。でも、わたくしが薙刀を振るったのは苦肉の策だったでしょう。本当はダンスの演目でしたのに、招待した楽団の一人が急に……」

千鶴子は、はっとして言葉を呑《の》んだ。由子とスミは首をすくめた。

その言葉を声に出してはならない気がした。言霊というものがある。声に出して言葉にすれば、よくないものを呼び込んでしまうように思えた。

あれは不吉な出来事だった。さても大胆な女学生たちでさえ背筋を凍らせた。ヴァイオリンを演奏するはずだった楽団員は殺されたという。無残に斬られ、死体は血の海に沈んでいたと。

ねえ、とスミがささやいた。言霊は恐ろしい。けれども、沈黙の重さに耐えかねたようだった。

「噂は本当なのかしら。血染めの妖刀と数珠玉の噂」

由子は耳を塞《ふさ》ぎ、いやいやをするように頭を振った。

「やめてくださりませ、スミさん。そんな恐ろしいお話、わたくし、もうたくさんなのです」

千鶴子は由子の言葉を聞き咎めた。

「もうたくさん、ですか？　由子さん、どこかでそのお話をお聞きになったのですか？」

由子は上目遣いで千鶴子とスミを見やった。

「……兄がその噂を調べようとして、新聞や雑誌を買ってくるのです。わざわざ切り抜きをわたくしに見せるのですよ。わたくし、怖くてたまりませぬ」

スミは腰に手を当てた。

「殿方って、子供っぽいところがあると思わない？　由子さんのお兄さまは、由子さんがこんなに怖がっているのにその話をやめないだなんて、困りものだわね。ねえ、由子さんのお兄さまは慶應義塾に通っていらっしゃるのよね？」

「ええ。兄もその学友のかたがたも、勉強などそっちのけで、妖刀のおかしな噂に夢中なのですよ。兄はわざわざ帝国大学のほうまで行って雑誌を買って調べたり、それから……」

突然、咳《せき》払いが聞こえた。

少女たちはびくりとして、そろそろと、そちらを向いた。

「あ、あら、赤木《あかぎ》先生、御機嫌よう」

千鶴子は急いで笑顔を取り繕い、優雅に一礼してみせた。スミと由子も慌てて挨拶をする。

赤木トシ江は裁縫の教師である。年頃は三十代半ばだろう。学校で最も厳しい教師だと、生徒の間では評判だ。どこからともなく現れて素行云々《うんぬん》とお説教を始める。あまりの神出鬼没ぶりに、まるで隠密《おんみつ》の術のようだと、千鶴子も舌を巻いている。

トシ江はじろりと少女たちを睨《にら》んだ。

「何をお話しになっていたのです？　もしや、淑女にあるまじき低俗な噂話に興じていらっしゃったのではありますまいね？」

千鶴子はかぶりを振った。

「滅相もございません。春休みの間の出来事をお話ししていただけですわ」

「さようですか。ですが、おしゃべりもほどほどになされませ。お弁当もまだ召し上がっておられない御様子。じきにお昼休みが終わりますよ。早く召し上がって、次の授業の支度をなさい」

「はい、赤木先生」

トシ江は踵《きびす》を返し、行ってしまった。足音が十分に遠ざかると、少女たちは、ほっと胸を撫で下ろした。

スミは舌を出してみせた。

「もう。お昼休みのおしゃべりくらい、見逃していただきたいわ。何をどこまでお話ししていたか、忘れてしまったじゃないの」

千鶴子は答えた。

「妖刀と数珠玉のことですわ。慶應義塾の学生さんたちが、血染めの刀の噂をしていらっしゃると」

由子は痛ましげな顔をした。

「兄はわざわざ東京帝国大学のほうまで出向いて、そこで売っている雑誌を買ってきます。『早耳ペーパー』という雑誌です。これがいちばん詳しく妖刀のことを報じるのですって。本当におぞましいことが書いてあるのですよ」

スミは頬に手を当てて、うーん、と悩むそぶりをした。

「妖刀ね。刀にまつわるお話をほかの誰かからも聞いたのだけれど、どういう話だったかしら。最近、刀の展覧会なんかも開かれているのよね。今、お金持ちの間で、刀はちょっとした流行りになっているらしいの」

千鶴子は小首をかしげた。

妖刀が人斬り事件を起こしている、という不気味な噂がある。一方で、まるで宝物のように刀を愛《め》でる展覧会が流行ってもいるという。

何となく、引っ掛かるものがある。光雄あたりに調査を頼んでみようか。それとも、自分で少し探ってみようか。

由子はなおも不安げだ。千鶴子は自らの手で、由子の震える手を包んだ。すぐにスミも千鶴子と由子の手を取った。三人で手と手を握り合い、指を絡め合う。

千鶴子は二人の親友の目を見て告げた。

「大丈夫。もしも何か恐ろしいことが起こったとしても、この千鶴子があなたたちを守って差し上げますわ。梁山泊《りょうざんぱく》の御令嬢の名は、伊達《だて》ではなくてよ」

東京帝国大学の構内を連れ立って歩く道すがら、泉助は簡単な自己紹介をした。二十一だと言い、東京帝国大学に在籍して二年目だと言った。

光雄は目を丸くした。

「大学に行くには、小学校を出た後、中学校と高等学校で少なくとも合計八年必要なんだろう？　泉助くん、二十一ってことは、一度も落第せずにまっすぐ大学に入ったってことかい」

泉助は不器用そうに微笑んだ。

「ええ、まあ」

「大した秀才さまじゃないか。生まれはどこだって？」

「会津です」

「ああ、それで山川先生が特別に目を掛けているのか。同郷のよしみってやつだ」

泉助は目を伏せた。

「私と山川先生を同列に並べては申し訳ありませんよ。山川先生は敗戦を経験なさって、ずいぶんと苦労されています。私は、復興された城下町で生まれ育ちました。戊辰の役や、その後の斗南《となみ》での苦難を、何ひとつ知りません」

光雄は訳知り顔をした。

「白虎隊出身の山川先生に引け目を感じちまう気持ち、わからんでもないな。俺も先祖代々、幕府に仕えていた家柄でね。戊辰の役のときもだ」

「会津と同じなのですね」

「ああ。戊辰の役で負けて没落したっきり、出世街道には縁のない人生が子々孫々にまで約束されているってわけだ。世が世なら、俺も幕臣だったんだけどな」

「幕臣ですか。世が世なら、こうして隣を歩かせていただくこともなかったのでしょうね。私の先祖は武士ではなく、職人でしたから」

泉助は振り返り、碧一を見やった。あなたは何者なのかと、泉助の視線が問うている。碧一は素知らぬ顔をした。身の上話は嫌いだ。

光雄は泉助の肩をぽんと叩いた。

「こいつは加能碧一。腕は立つよ。酒飲みの面倒くさがりだが、大目に見てくれ。悪いやつじゃあないんだ」

碧一は斜《はす》を向いた。

「悪いやつだとでも言っとけよ。俺は、餓鬼のお守りはしねえぞ」

「おまえはまたそんなことを。泉助さんは餓鬼じゃないだろう。天下の東京帝大の学生さんだ」

泉助は眼鏡を指で押し上げた。

「天下の、だなんておっしゃらないでください。そういうのは居心地が悪いのです」

光雄は、帽子をかぶった頭を掻いた。

「そいつはすまない」

「いえ。よくあることですから」

ふてくされたように、泉助は息をついた。

泉助の案内で向かっている先は、文学部で教鞭を執っていた元お雇い外国人の邸宅である。日本人の妻を迎えて婿に入った彼は、谷中に住んでいるという。

「ウィルソン先生とおっしゃるかたで、日本語が大変堪能です。私をウィルソン先生に紹介してくださったのは山川先生でした。月に二度ほど、半分は英語の勉強のため、もう半分はウィルソン先生のお話し相手として、私は谷中を訪ねているのですが」

泉助は、迷う様子で言葉を切った。光雄が引き継いだ。

「そこで例の刀の件につながったんだな？　血染めの刀と数珠玉の件だ」

「はい。ウィルソン先生は日本の工芸品をとても好まれます。とりわけ刀が大好きで、奥さまの家に所蔵されていた業物を数振、大切にしていらっしゃるのです。私がお話し相手に選ばれたのも、私がまた刀についてそれなりに詳しいものですから」

「へえ、刀好きか。若者にしちゃ珍しい趣味じゃないかい？」

「そうかもしれませんが、私は刀鍛冶の末裔《まつえい》です。祖父は若い頃、会津の武家を支えた名工、会津兼定《かねさだ》の一門で刀を打っていました。今でも祖父やその兄弟が、会津の工房で包丁や鋏を細々と造っています」

「なるほど。兼定ってことは、関の刀の親戚みたいなもんかい？　之定《のさだ》の銘を切った和泉守《いずみのかみ》兼定っていう関の刀工は有名なんだろう？」

泉助は白い顔をほころばせた。会津生まれは美形揃いだ。健次郎も泉助も、涼やかに整った顔立ちをしている。

「兼定の名を御存じなんですね。刀、お詳しいんですか？」

「いや、全然だ。最近、講談で聞いたのをちょっと覚えてただけで」

ほころんだばかりの泉助の美貌は、たちまち不機嫌そうに曇った。

「会津兼定の先祖は、関の四代目兼定です。戦国時代に会津を治めた蘆名《あしな》氏によって招かれ、そのまま会津で召し抱えられ続けたのですよ」

「なるほど。ああ、話の腰を折ってすまなかった。ウィルソン先生の刀の話だったたな。続けてくれ」

泉助はため息交じりに言った。

「一週間前のことです。私がウィルソン先生のお宅を訪れ、蔵の刀を拝見する流れになったことで発覚しました。鞘に納められていたはずの刀が剝き出しになり、拵《こしら》えごと血みどろに汚れていました。傍らには数珠玉が転がっていました」

　碧一は問いを差し挟んだ。

「流れたばかりの血か？」

　泉助は振り向いた。

「いいえ。血は既に固まっていました」

　光雄は泉助の横顔をうかがっている。

「いきなり血なんか見るのは気味が悪かっただろう。動転しなかったのかい？」

「平気だったわけではありませんが、ウィルソン先生が落ち着かせてくださいました。刀の保全のことを思うと、私がどうにかしなければと、責任を感じましたし。鋼《はがね》は本当に錆《さ》びやすいのです。水滴や湿気にさえ弱い。ましてや血が付いてしまったら」

「あっという間だよな。それで、泉助くんが、汚れた刀の世話をしたわけだ。固まった血を洗い落として、水気をしっかり拭《ぬぐ》ってやって」

「はい。錆を防ぐための油を塗り、油紙でくるみました。あとは懇意の研ぎ師に任せると、ウィルソン先生はおっしゃっていました」

　碧一は、かすれた声で笑った。

「大仕事だったな。学生のくせに、案外、胆が据わっているじゃねえか」

　泉助はしきりに眼鏡のつるに触れている。碧一を振り返ったり、光雄に向き直ったりと、どうにも落ち着かない。

「あのときはただ夢中で、気付いたら体が動いていました。血の匂いが鼻の奥に染み付いて、気分が悪かった。それを振り払うためにも、早く刀をきれいにしてやらねばと必死でした」

碧一は一歩、泉助との距離を詰めた。

「血染めの刀が現れたら人が斬り殺されるって噂話があるだろう。あんたが刀を世話してやった後はどうだった？　噂話のとおり、やっぱり人が殺されたのか？」

「亡くなったそうです。大学からそう遠くない本郷区真砂町の路地で、斬殺死体と数珠玉が発見されたと聞きました」

「妖刀数珠丸か」

碧一がつぶやいた途端、泉助は立ち止まり、肩を怒らせた。

「やめてください、そんな言い方。数珠丸は妖刀なんかじゃない。そんな刀ではないんです！」

肌寒い春先の風がぴりりと震えた。構内を行く学生らが、論争か喧嘩《けんか》かとこちらを注視する。

光雄は碧一と泉助の間に割って入った。

「穏便に行こうぜ。目立っちゃまずい。ヘキの言い方が悪かったよ」

碧一は肩をすくめた。

「妖刀だ人斬り刀だと騒いでいるのは俺じゃねえ。俺は、さっき見た記事のとおりに呼んだだけだ」

「ヘキ、混ぜっ返すな」

泉助はコートの下で拳《こぶし》を固めた。

「記事が間違っているんです。噂話は正しくない。数珠丸は法力を帯びた名刀です。それを妖刀呼ばわりするなんて、何て失敬なんだ。あの噂は、度し難いほど低俗です。本当に許せません」

光雄は碧一をちらりと見て、声を出さずに口をぱくぱくさせた。

刀道楽。光雄の唇はそう動いた。

碧一はうなずいた。

健次郎が碧一たちに泉助の護衛を依頼したのも道理である。泉助はあまりに刀が好きなのだ。現に斬殺死体が出ているにもかかわらず、真相に近付く道があると知れば、身の危険もそっちのけで突っ走りかねない。

光雄は、自分より高い位置にある泉助の肩に、親しげに腕を回した。

「泉助くんの意気込みは理解した。協力もしよう。それが俺らの仕事だ。だから教えてくれ。数珠丸っていうのは、本当はどんな刀なんだ？」

泉助は長い長い息をつき、光雄の腕を振り払った。

「そうですね。まずは正しい知識を。そうでなくては、愚昧《ぐまい》な噂話に立ち向かえません。お話しします。数珠丸は、歴史上にもまれに見る特別な刀の一振なんです」

数珠丸は備中の刀工、青江《あおえ》恒次《つねつぐ》によって打たれた。今を去ること七百年ほど前、鎌倉時代の前半頃といわれる。

当時の刀は、馬上で振るわれることを想定した太刀だった。後世の武士が腰に差した打刀より半尺から一尺ほど長い傾向にある。数珠丸の刃長は二尺七寸七分と伝わる。二尺少々の刃長のものが多い打刀に比べれば、かなり大振りである。

数珠丸は刀でありながら、武張った物語を持たない。仏の加護を得た宝とも称されるのは、日蓮《にちれん》上人の護刀《まもりがたな》だったからだ。

身延山《みのぶさん》に庵室を編んで修行に没頭した日蓮は、護刀の柄《つか》に数珠を巻いて拵とした。数珠丸の号は、その特異な拵に由来するという。日蓮の入滅後、数珠丸は長い間、身延山久遠寺《くおんじ》に納められていた。

しかし、旧幕時代のいつ頃か、数珠丸は身延山から姿を消した。爾来《じらい》、数珠丸の所在はわからずにいた。

泉助は、苛立ちとも戸惑いともつかない表情を浮かべている。

「行方《ゆくえ》知れずだった数珠丸ですが、ちょうど一年ほど前からでしょうか、発見されてこの東京にあるという噂が立ち始めたようなのです。それから少しして、今度は例の人斬り刀の噂が現れました」

光雄は言葉を選んで言った。

「仏法の護刀である数珠丸が自ら殺生をおこなっているなんていう怪談噺は、泉助くんには到底信じられないってわけか」

「そう、そうなのです。歴史上の記録に残された数珠丸の姿からは、人を斬る様子など想像もできません。数珠丸は尊い刀であるはずです。血染めの妖刀の噂は、きっと、まやかしや嘘《うそ》にまみれています」

勢い込む泉助に、碧一は茶々を入れた。

「おかしな話だ。刀の本分は人を斬ることだろうに」

泉助は頑《かたく》なにかぶりを振った。

「違います。本物の名刀は、そこにあるだけで力を持つものです。切れ味ばかりを追求するのは、名刀のあり方ではない。正宗が村正《むらまさ》にそう説いた話、聞いたことはありませんか?」

「御伽話《おとぎばなし》だ。そんなもんに用はねえ。あんた、刃物で何か切ったことがあるか?」

「ありませんよ。あるはずがない。武士の帯刀が法によって禁じられて、もう四十年近くになるのですよ。刀は人を斬るためにあるだなんて、時代遅れです」

「馬鹿言え。どんな時代だろうと、刀を振るえば人は死ぬ。簡単なんだよ。素人《しろうと》でも下手《へた》くそでも、刀を使えば人を殺せる。刀は、人を殺すための道具だ。それ以外の何物でもねえ」

でも、と泉助は言い差した。しかし黙った。

碧一は首巻に手を触れた。今でも古傷はずくずくと疼痛《とうつう》する。殺されかけたあの日の絶望は、胸にこびり付いたままだ。

泉助は低い声を絞り出した。

「刀は、人を斬る役目を終えたはずです。今、刀は、その美しさを愛でられるために存在しています。美しくあることが刀の役目です」

光雄はおどけるように、目をくるりと回してみせた。

「初耳だな。美しくあることが役目。泉助くんはおもしろいことを言う」

「……おもしろいでしょうか？」

光雄は、泉助の問いに答えなかった。ただにこにことして、先を急ごうと促した。

泉助は碧一をひと睨みして、光雄から顔を背けた。

「悔しいったらありゃしない！」

豆十三は力いっぱい、クッションをソファに投げ付けた。羽毛のたっぷり詰まったクッションは、ソファのばねの上で、ぼすんと跳ねた。

ひっ、と小さな声がした。豆十三が振り向くと、下働きの娘がそそくさと逃げていくところだ。

「ああ、もう！」

豆十三は再びクッションを取り上げ、投げ付けた。赤い天鵞絨《ビロード》のソファは黙ってクッションを受け止める。クッションに施された刺繍《ししゅう》の寒椿《かんつばき》が逆さまになって豆十三を見上げた。

胃がじりじりするようだ。東京帝国大学からの帰路、人力車に揺られながら、さんざん地団太を踏んだ。

豆十三は勢いよくソファに尻を投げ出した。

「あのくそ爺《じじい》、覚えてなさいよ……！」

大恥をかかされて黙っているような軟弱な女は、向島にはいない。豆十三は爪を嚙んだ。必ず山川健次郎を見返してやらねばならない。

確かに豆十三のいわゆる霊能力は芸であって、本物の力ではない。それは豆十三自身がいちばんよくわかっている。

だからこそ、芸として磨き上げた千里眼であり、透視であり、念写だった。客の評判はすこぶるいい。それが、まさかあれほどあっさり仕掛けを見破られるとは思っていなかった。

「無粋なんだよ、あの爺は。仕立てのいい三つ揃えなんか着ていたって、田舎ざむらいの家の出なんだって？　ふん、だからあんなにつまらない男なんだ。ああ、嫌だ嫌だ」

クッションを抱き締め、天井を仰ぐ。電球のまわりを、ガラスの飾りが取り巻いている。両国の切子職人に作らせたシャンデリアだ。昼でも夜でも、光を複雑に反射して、きらきらしている。

文政の頃に建てられた料亭に手を入れ、洋風の内観に仕立てた館だ。一方、庭には枯山水がこしらえてある。白い玉砂利を箒《ほうき》で掃いて波紋の模様を描くのが、なぜだか外国人の客には受けがよい。

粋を凝らした館を豆十三が預かるようになって二年。館の主に代わって客をもてなすのも、すっかり板に付いた。

向島の豆十三姐《ねえ》さんといえば、知る人ぞ知る「夜光会《やこうかい》」の要《かなめ》の一人だ。ただの芸者であった頃より、夜光会の旦那衆は桁違いに羽振りがよい。

そう、今日がたまたま厄日だっただけだ。

「あたしは無能なんかじゃない。ちゃんとお役に立ってるんだから」

不意に、表戸の開く音がした。下働きの者たちが慌てた様子で挨拶をするのが聞こえる。豆十三は、もしやと察して背筋を伸ばし、後ろ手に帯を整えた。

豆十三の予感は当たった。館の主の姿が見えた途端、ぱっと豆十三の心が晴れた。

「トワ子さま！　今日はこちらにお寄りになられないと聞いてましたけども、いらしたんですね」

ほっそりとして背の高い女が、顔に垂らしたヴェール越しに豆十三に応えた。

「所用を思い出しました。国広《くにひろ》の脇差《わきざし》はこちらに置いてありましたね」

豆十三はたちまち膨れっ面になる。

「脇差。また、刀でございますか」

トワ子は涼やかに応じた。

「ええ。これからお会いするお客さまは宮崎のお生まれで、一念発起して商売を始められ、一時期は京都でお店を出しておられたのだとか。日向《ひゅうがの》国《くに》に生まれ、苦難の放浪を経て京都堀川に工房を構えた国広の刀は、きっとお気に召します」

「上等な刀なんでしょう？　確か、金貸しの社長がどこからか手に入れてきたって。売っちまうんですか？」

「先方がお望みであれば、手放すのもやぶさかではありません。物は、それを望む人のもとにあってこそ、意味と価値を持ちますから」

多摩峰トワ子の装いは漆黒のドレスである。夜会服のような豪奢《ごうしゃ》なものではない。例えば教会に行くときのための、とトワ子が表現する質素なドレスに、豆十三はいささか不満がある。

手足の長いトワ子には洋装がよく似合う。肩のあたりで大胆に切った髪とも相まって、実に先進的で格好がいい。三十路《みそじ》の坂にかかった女の熟した色香も漂う。であればこそ、トワ子には、より華やかな装いで人目を惹《ひ》いてほしい。スカートの裾を短くして、ふくらはぎを出してしまっても、トワ子ならば下品にならない。危険な魅力が増すことだろう。

トワ子は小首をかしげた。

「何かありましたか、豆十三？　機嫌が悪いようですが」

豆十三はクッションを放り出して立ち上がった。

「トワ子さま、東京帝国大学はあたしたちの敵です！」

「帝国大学？　ああ、呼び出されたのでしたね。よくないことが起こりましたか」

「山川健次郎に侮辱されました。そりゃ確かにあたしの霊能力は、力ではなくて芸に過ぎませんけど、トワ子さまのお力は本物です。それなのに、あのくそ爺！」

「豆十三、そのような言葉を使ってはいけませんよ」

「でも、許せません。山川健次郎と帝大はあたしたちの敵なんです。トワ子さま、あいつらを排除しましょうよ。トワ子さまが本気を出せば、財閥だって警視庁だって貴族院だって動かせるでしょう?」

トワ子はため息をついた。トーク帽から下ろされたヴェールが、ふわりとそよいだ。再び口を開くと、子供に言い聞かせる声音《こわね》である。

「いけませんよ、豆十三。わたしは敵味方を作りたいのではありません。東京帝国大学の礎を築いた物理学者にして教育者の山川健次郎先生。彼とは一度お話ししてみたく思っていますが、それは援助を申し出たいからです」

豆十三はほとんど悲鳴のような声を上げた。

「援助ですって? 信じらんない。あんな無粋で失礼な男に、援助?」

「ええ、資金の援助を。日本の学生はとても質が高く、自ら学ぼうという意欲に満ちています。ところが、その意欲を満たせるほどの教育は、残念ながら提供されていません。人材と資金が圧倒的に足りていませんから。何てもったいないことでしょう」

「でも、トワ子さま」

トワ子は、にじり寄ってきた豆十三に向き合った。

「お聞きなさい。わたしには目的があるのです。そのすべてをあなたに語ってきたわけではありません。だから、あなたにはわからないところもあるでしょう。しかし、一つだけ、どうか理解してください」

不満げに膨れた豆十三の頬を、トワ子の手が包んだ。レースの手袋越しに、少しひんやりとしたトワ子の手指を感じる。豆十三の胸の奥で、どきりと心臓が跳ねた。

黒いヴェールに阻まれ、トワ子の瞳はうかがえない。美しい形の鼻筋と唇だけが、うっすらと透けている。その唇が豆十三の名を呼ぶ。

「豆十三。わたしは敵味方に分かれて力を競うことを好みません。財界にも政界にも、学界にさえ、派閥はあります。わたしはどの派閥とも対等な距離を保つよう心掛けています。そうであればこそ、人のお役に立てるのです。いいですか、豆十三」

「……はい」

「博愛、という言葉を知りなさい。白か黒かをはっきりさせることばかりが己のためになるとは限りませんよ」

豆十三は不承不承、うなずいた。

無知と無力を思い知らされた格好だ。豆十三は、この館を訪れる客をもてなす役割を負っている。ある客には贅《ぜい》を極め、ある客には粋を凝らし、と一生懸命にやってきたつもりだ。

それもすべて、多摩峰トワ子の強力な味方を増やしたいがため。

女は政治に参加できない。だが、トワ子の言葉を政治家連中はありがたがる。トワ子が告げる言葉が政治を動かし得る。

女は社長として表舞台に立てない。だが、まるで予言のようなトワ子の助言が、いくつもの会社の経営危機を救ってきた。

トワ子は特別な存在なのだ。日本の女でありながら、それを軽々と超越している。トワ子は日本という国を変えてしまうほどの人だと、豆十三は思っている。

「さあ、豆十三、納戸を開けてください。国広の脇差をお客さまのもとへお持ちしなくては。荷運びの下男を一人、貸してくださいね」

廊下を歩き出したトワ子に、豆十三は急いで追い付いた。

「荷運びでも護衛でも、どうぞ何人でも連れていってください。近頃、物騒ですもの。妖刀が人を斬ってるだなんてさ」

「先日亡くなったかたも、わたしがよく存じているヴァイオリン奏者だと聞きました。知人ばかりが狙《ねら》われているように思います」

「そう、しかも、数珠丸でしょう？　どうしてこんな……ねえ、トワ子さま。やっぱり、刀って、手元に置いたりなんかしたらいけないんじゃないでしょうか？」

「いけない、とは？」

トワ子は足を止め、振り向いた。豆十三はトワ子を見上げた。

「あたし、やっぱり刀は怖いんです。人殺しの道具で、不気味だし、ぎらぎらしてて吸い込まれそう。名刀とか、きれいだとか、そういうのもわかんない。どれも一緒に見えちまいます。なぜトワ子さまが刀なんか大事になさるのか、わかんないんです」

トワ子に似合うのは、宝石の付いた首飾りだ。金銀を惜しげもなく使った、重たいくらいの豪勢な首飾り。

そうでなかったら、ふんわり膨らんだ絹のドレスだ。幾重にも層をなすスカートが美しい曲線を描くドレス。

トワ子はヴェールをそよがせて笑った。

「皆がそう言うのですよ。刀のような恐ろしいものを好むなど、何という女だろうかと。さもありなん。わたし自身、昔はそのように考えておりました。ですから誰にも、刀に憧れるなどとは言わずにおりましたが」

小さな声を立て、肩を震わせて、トワ子は笑っている。豆十三はぽかんとした。トワ子は、微笑むことこそあれ、笑うことはめったにない。

「トワ子さま、あたし、そんなにおかしなことを言いましたか？」

「いいえ、あなたの感じ方はあなたのもの。否定はしません。わたしは、渡米して知りました。日本の刀は、その美しさを世界から評価されている。わたしが感じる魅力を、世界も感じている。ですから、わたしも正直に申すのです。わたしは刀を好いています」

「トワ子さま」

「覚えておきなさい、豆十三。日本の裕福な殿方のみならず、外国からのお客さまは、刀を持つことを好まれます。日本の美を象徴するものとしての刀です。美しいということは、力があるということ。たった一振の刀が政治や経済を動かし得る。その力を侮ってはいけませんよ」

トワ子は豆十三の手を取ると、歩き出した。豆十三はつんのめりそうになった。

「あたしも刀の値打ちを知っておかなきゃいけませんか?」

「知っていれば、役に立つかもしれません。例えば、そう、この館でも売立会を開くことができますね」

「売立会って、美術品や骨董品《こっとうひん》を競りで売り買いする、あれですか?」

「ええ。家宝を売らねば体面が保てない名族が近年は増えています。わたしは、売り手の名を伏せた売立会を開いて名族の困窮を救う事業をお手伝いしています」

「それを、ここでも開くっていうんですか?」

「あなたが美の価値を理解できるようになれば。先日、売立会に見事な刀が出されました。蒔絵《まきえ》細工の鞘や刀箱まで揃って、落札価格は五万円を上回りましたね」

豆十三は思わず、トワ子の手を強く握った。

政界を上り詰めて総理大臣になったとしても、年俸は一万二千円かそこらだ。四、五千円もあれば東京の郊外に家が建つ。それだというのに、たった一振の刀に五万円を超える価値を付ける者がいようとは。

「トワ子さま、それは何という刀なんです？」

横顔のトワ子は、そっとかぶりを振って豆十三をたしなめた。

「詮索はなりませんよ。家宝であった刀の名を挙げてしまっては、どちらの名族がお金に困っているかが世間に露見してしまいますから」

「でも、刀を買ったほうは自慢したいんじゃありません？　そんな大金を支払ってまで手に入れたんですもの」

「約束によって譲渡した、と両者の間で取り決めるのでしょう。友誼《ゆうぎ》か、あるいは功績を記念して刀を贈ったのだと」

豆十三は膨れっ面をした。

「刀なんて、ちょいと磨いて尖《とが》らせただけの鋼の棒っ切れに過ぎないのに、何なんでしょう？　あたしがお座敷に上がっていた頃にもいましたよ。刀道楽のお客さん。あたしを呼んでおいて、ちっともあたしを見てくれないんだ。刀の話ばっかりでさ」

若くして成功した、なかなか男前の旦那だった。向島で豆十三がいちばんいとしいと口説《くど》くのと同じ口で、より巧みで豊富な言葉を使って、刀を誉《ほ》めちぎった。

今にして思えば、旦那が豆十三を妾《めかけ》に囲わなかったのは、きっと刀道楽のせいだ。

刀は、金のかかる趣味なのだ。豆十三は一生懸命に旦那を待っていたというのに、馬鹿馬鹿しい。

トワ子が豆十三の頰をつついた。

「あら。むくれた顔をしていては、幸せが逃げますよ」

「つまらないことを思い出しちまってたんです」

「おやめなさい。どれほど過去を思っても、前に進めません。ああ、そうでした。豆十三、明日のお昼はこちらでいただきます。手配をなさい」

豆十三は、ぱっと顔を明るくした。

「お任せください！　今の時期、お花見のお弁当の仕出しがとてもいいんですよ。あたし、とびっきりのを注文してきますから」

「よろしく頼みますね」

「はい」

豆十三は、あどけない娘のように笑った。頰にうっすらと朱が差している。

宝物のしまわれた納戸から国広の脇差を取ると、トワ子はすぐに出掛けていった。

豆十三は、トワ子の人力車が見えなくなるまで道に立って見送った。

ウィルソンの邸宅は真新しい洋館だった。戦争景気で儲《もう》けて建てたという。洋式建築は奥方の趣味で、日本の文化を好むウィルソンはむしろ不満らしい。

屋敷は茨の生垣で囲まれている。つぼみはまだ青い。生垣をぐるりと迂回《うかい》していくと、黒鉄《くろがね》の門が見えた。

ちょうど、門から男が出てくるところだった。背の高い外国人紳士がにこやかに男を送り出している。

光雄は泉助に尋ねた。

「あちらの紳士がウィルソン先生かな？」

「はい」

「もう一人のほうは？」

「存じません」

碧一は目をすがめた。

「あいつが抱えてるのは刀じゃねえか？」

屋敷を辞そうとする男である。藍色《あいいろ》の布で巻かれた細長いものを抱いている。男の年の頃は四十前後だろうか。愛想のよい顔をくしゃくしゃに緩めている。背中の曲がり具合が職人風だ。

男は屋敷を離れていく。光雄は泉助に尋ねた。

「刀仲間かもしれんぞ。追い掛けてって挨拶してみるかい?」

泉助はかぶりを振った。

「御挨拶するなら、ウィルソン先生から御紹介いただくほうがいいと思います」

「そりゃそうか」

白髪に長身のウィルソンは、青い目をしていた。老齢を理由に教壇から退いて久しいというが、声には張りがあり、体も頑健そうだ。

ウィルソンは見事な江戸っ子言葉を操った。

「待っていたよ、泉助。例の四谷《よつや》正宗のことは心配するな。まさに今、研ぎ師の手に預けたところさ」

「よかった。私の応急処置だけでは錆びてしまうのではないかと不安でしたから」

「研ぎ師と話をしたかったかい?」

「いえ。お任せすることしかできませんし。先生の四谷正宗、美しく磨かれて帰ってきてくれますよね」

光雄は泉助に尋ねた。

「四谷正宗ってのが、血染めにされた刀の名前かい?」

「ええ。四谷に住んだ名工、源 清麿《みなもときよまろ》のあだ名が、四谷正宗です。正宗という、六百年ほど昔の伝説的な刀工にちなんで、その名が付きました。四谷正宗こと源清麿が打った刀のことを、四谷正宗と呼ぶのです」

「なるほど」

「源清麿は、開国間近に活躍しました。刀の時代最後の天才とも評価されています。酒飲みで奇行が多かったといいますが、遺作は見事な業物揃いです」

泉助の紹介で、光雄はウィルソンと握手を交わした。握手嫌いの碧一は離れて立っていた。

光雄が代わりにぺこぺこしたが、ウィルソンは気さくに応じた。

「いいってことよ。近頃は少なくなったが、あたしが日本に来た頃のさむらいは皆、握手なんぞ拒んだものさ。懐かしいねえ」

光雄は噴き出した。

「ヘキがさむらいだとよ。刀の代わりに徳利をぶら下げてんのにな」

碧一はうんざりと吐き捨てた。

「刀なんか差していたんじゃ、警官に取っ捕まっちまうだろう」

「違いない。工夫は必要だ」

光雄はブーツの踵《かかと》をカツンと鳴らした。光雄の得物《えもの》である二振の短刀は、ブーツに仕込んで隠している。棒手裏剣はベストの内側や帽子の中だ。

ウィルソンの許可を得て、血染めの刀が見付かった蔵へ入った。表から見ればただの土蔵だったが、明かりがともると、光雄は感嘆の声を上げた。

「まるで博覧会だな」

宝物は、しまい込まれてなどいない。美しく映えるべく計算され、展示されている。きらびやかな刺繍の帯に打掛、古めかしい具足、小藩の領主の花押が見える信書、大小の刀剣。日本語と英語の注釈まで添えられている。

泉助は得意げに鼻をひくつかせた。

「注釈の作成には私も協力させていただいたのです。まだ調べがついていないものもありますが。ウィルソン先生は遠くない将来、お客さまを招いて博覧会を催したいと考えておられます」

碧一は床に視線を落としていた。いささか暗いが、目が慣れてきた。目的のものを発見し、碧一は指差した。

「あれだな。血痕だ」

板目の一部に点々と、黒く変色した形跡がある。

碧一は刀剣の陳列には目も向けず、屈み込んだ。藤色の首巻の端が床に触れるのを、光雄がつまんで碧一の肩に載せた。

光雄は泉助に確かめた。

「血染めの刀は、ここにあったんだな?」

泉助は立ち尽くしていた。

「まさにそこに落ちていました。そちらの並びに飾られていたはずの、四谷正宗の大脇差です」

泉助の指す先には、ガラスの箱の中に刀剣類が納められている。剝き出しの刀身と、その傍らに豪奢な拵のあるもの。白鞘で休んでいるもの。

ちらりとそちらを見上げた碧一は、再び床に視線を落とした。

「学生さんよ。血染めにされた刀は、何か特別だったか？　値打ちは？」

「特別と言いますか、そちらに並んでいる新刀期の刀に比べると、四谷正宗は新しいものです。こういう言い方は好きではありませんが、値を付けるとしたら、格が少し落ちると思います」

「この中でいちばん安い？」

「そうですね。四谷正宗は新々刀。武士の世の終わりに打たれた刀です。生み出されてから、まだ百年と経《た》っていません。ウィルソン先生のコレクションの多くは、それより二百年ほど古い折紙付きです」

「ほかに特徴は？　ここの刀は、拵があったりなかったり、ばらばらだが」

泉助は嘆かわしげに頭を振った。

「そうでした。あの四谷正宗は、新しい拵を作ったばかりでした。あのときは、せっかくだからと、拵をまとった状態で飾ってあったのです。鞘にも目貫《めぬき》にも鍔《つば》にも、蜘蛛の模様があしらわれていました。少し禍々《まがまが》しく、それがかえって美しいように感じられました」

「蜘蛛だと？　虫の蜘蛛か？」

「はい。ウィルソン先生の肝煎《きもい》りで、蜘蛛を選んだのです。最近、これが縁起のよい印として流行っているそうで」

碧一はちらりと光雄を見やった。光雄は首をかしげた。

「流行っているのかい。じゃあ、うちのお嬢さんも知っているかもな。耳ざとい女学生だ」

「光雄、今日どこかで蜘蛛を見なかったか？」

「豆十三さんの着物だよ。裾に蜘蛛の巣模様が入っていた」

「相変わらず、おまえは目がよくて覚えがいい」

「ヘキほど顔がいいわけじゃあないからな。代わりに別のところが優れているんだよ」

碧一は、ふんと鼻で笑った。

泉助は一振ずつ、じっと刀を見た。点検をしているのだ。蔵の中は薄暗いから判然としないが、強張《こわば》った顔はきっと青ざめている。

光雄はひょいと立ち上がり、泉助の背中に手のひらを添えた。

「ほかの刀たちに異常はないかい？」

「ない、と思います」

「そりゃあよかった。俺は刀の鑑定なんぞまったくできないが、ここに並んだ刀がきちんと手入れされていることくらいはわかるよ。泉助くんが面倒を見てやっているんだろう？」

泉助はほんの少し微笑んだ。

「刀身が錆びたり汚れたり曇ったりしないように、お手伝いをさせていただいています。ウィルソン先生は、刃文が細かく乱れた刀がお好きなんです。華やかな刀が揃っていると思いませんか？」

「刃文が乱れている？」

「日本刀は、刃の部分が白く、地鉄《じがね》が深い色になっているでしょう。白いところを刃文といいます。刃文は一振ずつ異なるんです。まっすぐなものは直刃《すぐは》、ゆったりと波打つ様子は湾《のた》れ、細かい出入りのあるものは乱れといって、乱れ模様にもいろんな名が付いています」

「刀を眺めるという道楽は、そのへんにおもしろみがあるのか」

「ちなみに、地鉄にも模様があって、それがまた美しいのですよ」

泉助は身を乗り出さんばかりだ。刀のことを語り始めると、話しぶりも顔付きもがらりと変わる。

「よほど刀が好きなんだな」

「ええ、大好きです。私は、本当は刀鍛冶になりたかった。会津兼定の名を復興したいと思っていました」

碧一は立ち上がり、背を向けた。

「今さら刀鍛冶じゃ食っていけねえだろう。あんたらの会津が大負けした戊辰の役でさえ、戦は鉄砲と大砲でやるものだった。刀の時代は終わっていた」

「故郷の皆からも同じことを言われました。おめはせっかく、だっちぇも真似できねえほどの秀才なんだべ。東京の大学さ行って山川先生の後さ続け。学問で出世するなら、薩長《さっちょう》もおめを邪魔しねえ。おめは偉い学者さ目指してくんつぇ」

会津の訛りは、歌うように甘くまろやかな響きだった。光雄は、ほう、と息をついた。

「いいねえ。故郷を背負って立つってわけだ」

「日々研鑽《けんさん》しなければなりません。本当は、今こうしている時間も、机に向かうべきなのでしょうが」

「すまんな。時間を奪っちまって」

「いいえ。山川先生がそうせよとおっしゃったのですから。山川先生は少し変わったおかたなのです。今回、光雄さんや碧一さんと行動を共にするなら授業を抜けることも許可すると、そんなことをおっしゃるのですよ」

「泉助くんが優秀だからだろう。それに、まじめすぎるからだ。山川先生だって、誰にでもは言わんだろうさ」

　泉助は顔を伏せた。

「買いかぶりです。私が同郷だからに過ぎません。私は山川先生ほどの科学者にはなれそうにない。私は半端者です」

「何を言うんだ。もっと誇りを持っていいはずだぞ」

　光雄は笑ってみせるが、泉助はなおのこと、か細い声で言う。

「私は、科学を修めるには向いていないのです。物に宿る心性というものをどうしても思ってしまうから」

「物に宿る、心のことか？」

「はい。物に心が宿るというのは、日本古来の考え方です。私は、刀が心を持っているかのようなつもりで接してしまいます。幼い頃からのならい性です。東京へ出てきて工学を専攻し、理学の講義を受けていてさえ、刀を前にすると駄目なんです」

「駄目ってことはない。俺は、それは悪いことだとは思わんがね」

「山川先生は、よしとされないでしょう。自分でも、どうも愚かなことを信じているようだとわかっています。ですが」

碧一は、泉助にも刀にも背を向けたまま、問うた。

「あんたは数珠丸という刀が人を斬らないと信じているようだが、じゃあ、何に怯えているんだ？」

泉助は吐露した。

「雑誌の記事を読みました。斬殺死体が出る前に必ず血染めの刀が現れるのは、天下に名高い数珠丸の凶行を、東京じゅうの刀が悲しんでいるからだと。あるいは、人斬りのさだめを背負わされた数珠丸に共鳴し、血をまとうのだと」

「あんたはその怪談噺が恐ろしいわけか」

「ただ恐ろしいのとは違います。悲しくなるのです。真相はどうなのでしょう？ 考え始めると、わけがわからなくなる。血染めの刀も斬殺死体も数珠玉も本当にあるのですよ。なぜあるのか。それがわからないから、気持ちが悪くて、怖いのです」

碧一は肩越しに振り向いた。

光雄はガラスの箱の中の刀を見ていた。静かに澄んだ鋼の輝きが光雄を見つめ返していた。

「刀が心を持って生きている、か」

碧一は寒気を覚えた。

「俺は先に外に出てるぜ。ここはどうも辛気くせえ」

吐き捨てる言葉まで震えてしまいそうだった。

碧一は、逃げるように足を交わした。

春の日暮れは思いがけず早い。表は既に茜色《あかねいろ》を帯びていた。碧一は空を仰いだ。灰色の雲が千切れながら飛んでいく。

背筋がぞくぞくしている。

目を閉じる。ほのかな明かりの中で光る切っ先が、まなうらにちらついている。鋭い形が碧一の脳髄を襲ってくる。我知らず呼吸が上がっている。

「臆病者め」

つぶやいて、貧乏徳利に口を付ける。まるで水のような酒を呷った。舌から喉へ、喉から胃へと熱が転がり落ちるが、寒気は消えない。

首の古傷が疼《うず》く。

刀など、昔は怖くなかった。軍人は己の天職だと信じていた。武芸の稽古にも訓練にも励み、体を鍛えていた。軍用サーベルの携行を特別に許されれば、誇らしかった。

碧一は蔵の壁に背を預け、ずるずると座り込んだ。首巻をつかむ。

ふと、嫌な匂いを嗅いだ。いや、悪臭に似た何かを感じた。

殺気だ。

碧一は首を巡らせ、見た。生垣の向こうに大きな影がある。碧一は目を凝らした。木の葉の隙間からはろくに姿をとらえられない。

何だ、あいつは。

頭の内側をざらざらと引っ掻かれるような、気味の悪さがある。

あいつは、そこで何をしている？　誰を狙っている？　碧一は息を殺し、じっと睨んだ。正体を確かめるべきか。しかし、何かが異様だ。

そのときだ。

のんびりとした足音が近付いてきた。ウィルソンである。

「かみさんが茶を淹《い》れたよ。一服していかねえかい？」

緊張の糸が切れた。

殺気もまた霧散した。

碧一は大きく息をついた。

「お雇い外国人の先生さまが、そうざっくばらんな言葉を使うのかよ」

「あたしゃ、講談師に言葉を教わったからね。洒落ているだろう？　演目だって、いくつも覚えているし、釈台も張り扇も持っているよ。どうだい、一席設けようか？」

碧一は目をそらした。

「興味ねえな」

生垣へと再び視線を転じた。

影は消えていた。


千鶴子はひらりと人力車から飛び降りた。

「そこで待っていなさいね。駿平《しゅんぺい》、付いていらっしゃい」

「は、はい」

荷物持ちを仰せつかっている十一歳の駿平は、慌てて千鶴子を追い掛けた。

水城《みずき》家お抱えの車夫は、もはや慣れたものである。お嬢さまに逆らって叱られる愚は冒さない。ただ、千鶴子から目を離さず、着物の下に隠した武器を確かめる。

東京帝国大学の門がすぐそこに見えていた。池之端門である。

夕闇の気配が迫っている。肩で風を切って歩く学生がおり、立ち尽くして本に顔をうずめる学生がおり、にぎやかに議論を交わす学生がいる。千鶴子をまじまじと見つめる学生もいる。

千鶴子は学生たちを掻き分けるようにして、辻に立つ雑誌屋に声を掛けた。

「お尋ねしてよろしゅうございます？　あなたが売っておられる雑誌に妖刀騒ぎのことは載っていまして？」

鈴を転がすような声である。雑誌を手に声を上げていた学生たちが、ぴたりと押し黙った。

千鶴子は悠々と周囲を見渡した。学生たちは千鶴子と視線が合いかけると、さっと顔を伏せたり目をそらしたりする。大学には男しか入学できない。身近に女を知らない学生たちはうろたえている。千鶴子は小さく笑った。

こんなおてんばは、由子やスミたちには内緒だ。まじめな由子は心配のあまり卒倒するかもしれない。おませなスミでさえ、はしたないと怒るかもしれない。

雑誌屋は存外若く、書生のような格好で、品のいい印象だった。彼は雑誌の一面を指差した。黒々と大きな字で書かれた見出しに、妖刀、とある。

「御覧のとおり、ばっちり載せている。何せ、これは妖刀事件の新展開を報じた特集号だからな」

「まあ。何が起こったのですか？」

「血染めの刀と数珠玉が発見されたのさ。詳しい名前は言えないが、船成金の某旦那の屋敷でのことだ。日露戦争帰りのサーベルが真っ赤に染まっていたらしい」

「その傍らには数珠玉があったのですね」

「そういうこった。おおい、そこの親父《おやじ》さん。あんたも妖刀事件が気になるのかい？」

雑誌屋は声を張り上げた。千鶴子はその視線を追って振り返る。

四十絡みの男が、学生たちの背後にぽつねんと立っていた。藍色の布で巻かれた細長いものを抱きかかえている。中身は刀だと、千鶴子は察した。

男はおずおずと笑った。顔がくしゃくしゃになった。

「学士さまがた向けの文章は、手前のような者には難しすぎて」

雑誌屋は肩をすくめた。

「そうかい。遠慮することはないんだがな。まあ、気になるようなら、後でこっそり社を訪ねてきてくれればいい」

男はぺこりと頭を下げ、そそくさと行ってしまった。

千鶴子は、ほっそりとした指で顎をつまんだ。

「刀を抱えてらっしゃいましたね」

「おおかた、どこかの旧武家にでも仕えているんだろう。資産の運用に行き詰まった旧武家は、先祖伝来の刀を質に入れたり競売にかけたりして、何とか金を作っているのさ」

「武家が刀を必要としなくなったのに、わざわざ買い求める人がいらっしゃるのですか？」

「いるとも。外国人と付き合いのある金持ち連中は、こぞって名刀を買いたがる。日本刀は世界でも大評判の美術品だ」

「まあ。雑誌屋さんは物知りですのね」

千鶴子の賞賛に、雑誌屋は唇をひん曲げた。笑うのを無理にごまかした顔だ。

学生が一人、二人と雑誌を買っていく。千鶴子は駿平に支払いの準備をさせた。駿平は渋い顔をしている。

「学校帰りに寄り道をして、こんな低俗な雑誌を買うなんて、奥さまに叱られますよ」

「叱られやしませんわ。おまえが黙っていればよろしいのです。もしもし、雑誌屋さん。わたくしにも一部くださいな」

雑誌屋は胡散《うさん》くさげに目をすがめた。

「お嬢さんが読むようなものではないよ。何せ、人斬り刀が夜な夜な暴れ、善良な帝都民を血祭りに上げているって話だ。気味が悪いだろう？」

千鶴子はにっこり微笑むと、駿平を促した。

「駿平、お代を差し上げて。一部買わせていただきます。お釣りは結構です。お取りになって」

雑誌屋は鼻白《はなじろ》んだ。投げるようにして、駿平に雑誌を渡す。

「女子供の遊び道具じゃないんだぞ。うちの『早耳ペーパー』は、学生諸君に文学と思想を促し、社会参加の火を点《つ》けんとして記事を書いているんだ」

嫌な言われようだと思ったが、千鶴子は平然として振る舞った。

「素晴らしい志ですこと。どうぞ頑張ってくださいな。あなた御自身も学生さんかしら。文学者を志していらっしゃるのですか？　それとも社会運動家？　近頃は過激な警官も少なくありませんから、お気を付けくださいまし。では、御機嫌よう」

千鶴子は踵を返した。駿平がぺこりと雑誌屋に頭を下げた。

人力車に乗った千鶴子は、今度はまっすぐ帰路に就いた。

屋敷は本所にある。千鶴子は社長令嬢だ。水城よろづ商会というのが正式な名だが、誰もそう呼ばない。

梁山泊屋敷、と人は呼ぶ。中国四大奇書の一つ、『水滸伝《すいこでん》』になぞらえて、誰かが言い出した。梁山泊には英傑が集うのだ。

千鶴子は人力車に揺られながら雑誌を広げた。インクの匂いがぷんと鼻を突く。駿平が隣を歩きながら水を差した。

「お嬢さま、お着物が汚れます」

「そうね」

「車で雑誌を読むなんて、お行儀が悪いです」

「ぼんやり座っているだけなんて、時間がもったいないでしょう」

駿平は不服そうに口を尖らせた。千鶴子は微笑んでみせて、再び雑誌に目を落とす。

事実を報じる記事というより、怪奇小説めいた文体だった。おおよそのところは、由子やスミから聞いた噂話と相違ない。

「血みどろの死体が転がっていたとは書かれていても、誰が死んでいたとは明かさないのね。主役は数珠丸という妖刀。血に飢えた人斬り刀ですって」

新しい情報が一つあった。妖刀の出現を予言するという血染めの刀と、妖刀によって斬り殺された死体が出た場所が、記事の末尾に付されている。

千鶴子は目を輝かせた。

「あら、案外近所が多いのね」

深川、上野、湯島、谷中、そして東京帝国大学を挟んで向こう側の本郷で二件。さらなる詳細な目撃談を求むとして、記事は締め括《くく》られている。

千鶴子は、ばさりと音を立てて雑誌を畳んだ。大きな目がきらきらと西日を映し込んでいる。

「数珠丸はなぜ人を殺すのかしら。きっと何か理由があって、斬るべき人を選んでいるのでしょうね。妖刀が人を斬る。素晴らしいわ。何て不気味なの」

千鶴子はくすくすと笑った。駿平が千鶴子を見上げてため息をついたが、千鶴子は気付かないふりをした。

それは美しい太刀だった。緋色《ひいろ》の毛氈《もうせん》にゆったりと横たわったさまは王者の風格さえ漂わせていた。

数珠丸と呼ばれる太刀である。細い直刃調の刃文が凜として潔く、気品に満ちている。

芸者上がりのあでやかな女、豆十三が含み笑いをした。

「どうなさいました、ウィルソン先生？　もっと近付いて御覧くださいませ」

ウィルソンは豆十三に愛想笑いをしてみせた。艶《つや》やかな日本髪も剥き出しの白いうなじも、数珠丸の前にあっては色あせる。

美しい刀は妖艶だ。鋼のかたまりに過ぎないものが凄絶な色気を放つ。見れば見るほどに背筋に震えが走り、体の奥に熱が生ずる。刀はウィルソンを魅了してやまない。

ウィルソンはごくりと唾を呑んだ。ハンカチーフで鼻と口を覆い、息を吹き掛けぬようにして、数珠丸の刀身に顔を寄せた。

繊細な板目模様の地鉄に、うっすらとウィルソンの顔が映り込んだ。一見するとまっすぐな刃文だが、ところどころに細かで可憐《かれん》な乱れ模様がうかがえるのが心憎い。

触れてみたい、と思う。あまりにも美しいこの刃の下に、首を差し出してみたくなる。いや、老いぼれの皺首など、数珠丸には不似合いか。

ウィルソンは、屈めていた腰を伸ばした。鼓動が高鳴っている。ハンカチーフを口元から外し、肩で息をする。

「見事なものですな」

声を発した後に、それが母語であったことに気付く。とっくに舌に馴染《なじ》んだはずの日本語が、咄嗟《とつさ》には出てこなかった。

シャンデリアが客間を照らしている。数珠丸の横たわる卓上には、小洒落たカンテラが置かれている。灯油の燃える匂いに、真新しい木と藺草《いぐさ》と、何かしらのお香の匂いもした。

数珠丸は、拵がまた壮麗だった。黄金色《こがねいろ》の柄巻の隙間から、見事な鮫皮《さめがわ》のふつふつとした光沢がのぞける。鍔に施された透かし彫りは、数珠丸の名にちなんで蓮華《れんげ》の模様。螺鈿《らでん》を散らした黒漆塗りの鞘にも、仏法由来の文様があしらわれている。

どれだけ見ても見飽きぬほどの名刀である。しかし、振り子時計が夜半の鑑賞会の閉幕を告げた。ウィルソンはいまだ高鳴る胸を押さえ、慇懃《いんぎん》に礼をした。

「お招きくださりありがとうございました、豆十三さん。数珠丸は見事な刀です。こんなに美しい刀を見たのは初めてだ。感動しておりますと、トワ子さまによろしくお伝えください。また近いうちに、トワ子さまに直接お礼を申し上げに参ります」

豆十三は微笑んだ。

「喜んでいただけて、ようございました。ウィルソン先生をお招きするのが遅くなってしまい、トワ子さまが気に病んでおられたのですけれど」

「ええ、長く待たされましたね。この素晴らしい拵ができてからのお楽しみ、と。ですが、待った甲斐がありました」

「そうおっしゃってもらえると、あたしも嬉しゅうございます。さあ、お二方とも、お帰りの道中はくれぐれも気を付けなさってくださいまし」

お二方、と豆十三は呼び掛けた。それでようやく、ウィルソンは彼の存在を思い出した。ウィルソンは彼を振り返った。彼は顔をくしゃくしゃにして微笑み、ぺこりと頭を下げた。

彼は研ぎ師である。鉄蔵と名乗った。東京に出てきて、まださほど長くないという。得意先を増やさねばと一生懸命な姿に、ウィルソンは日本に来たばかりの頃の自分を思い出した。情が湧いたので、何かと目を掛けている。

鉄蔵はいささかたどたどしく、感謝の言葉を口にした。

「東京に現れたと噂に聞いた数珠丸を、どうしても、この目で見てみたかったのです。手前のような職人風情にまで、こんな機会をくださって、ありがとうございました」

鉄蔵はいかにも人が好さそうな笑い方をする。研ぎの腕もよい。

近頃はめっきり刃物の職人がいなくなった。浅草の老刀匠が逝ってからというもの、ウィルソンは、信頼できる相手を捜していた。鉄蔵は、ようやく出会えた腕利きの職人だった。

　ウィルソンは鉄蔵の肩に腕を回した。

「ずっと見たかったと言う割に、遠くから拝むだけだったじゃねえか。満足したかい？」

「ええ……ええ、もちろんです。あまりにも、そう、豪華なものですから、気後れしてしまって」

「違いねえ。豆十三さん、鉄蔵さんはこう見えて、腕の立つ研ぎ師ですよ。トワ子さまはこの数珠丸を始め、幾振かの宝刀をお持ちでいらっしゃるから、ぜひとも鉄蔵さんを御紹介したい」

　豆十三はにこやかに応じた。

「お伝えいたします。鉄蔵さんとやら、近々、昼間にここを訪ねていらっしゃいな。ウィルソン先生の御紹介でしたら信頼できますもの」

　鉄蔵は、這いつくばるほどに低く頭を下げた。

「ありがとうございます！　どうぞ、どうぞよろしくお願いいたします」

　そして、ウィルソンと鉄蔵は、豆十三の館を後にした。

　向島の花街の一角は、夜が更けてこそ、にぎわいを増していた。ガス灯に提灯《ちょうちん》にカンテラと、あらゆる明かりがともされている。地上が明るいので、星の光が薄い。

ウィルソンは人力車を呼んであった。鉄蔵とは館の前で別れた。弟子だという体の大きな男が鉄蔵を待っていて、一緒に帰っていった。

今度ゆっくりと話をしたいと、ウィルソンは別れ際、鉄蔵に告げた。以前、郷里はどこなのかと根掘り葉掘り尋ねたとき、鉄蔵はついに、備中青江の地だと答えたのだ。

備中国の青江といえば、名刀数珠丸と同郷である。古くから名刀の産地として知られたが、南北朝時代に南朝方に付いたため、政争に敗れて衰退した。

青江という刀派は既に滅んでしまったとばかり、ウィルソンは思っていた。鉄蔵はうなずいた。誰もがそう思っているでしょう、と。

「そう、確かに一度は滅びた。しかし、ひっそりとよみがえり、技を現在にまで伝えていたとはねえ。いや、素晴らしい。それでこそ、東洋随一の魅惑の秘境、日本だ」

ウィルソンは上機嫌につぶやいた。大学教授まで務めた身だが、知るべきことはまだ無数に、無限にある。

雇い主が英語で独り言をこぼそうと、車夫も用心棒も気に留める様子はない。慣れたものだ。

吾妻橋《あづまばし》のたもとで一度、巡回の警官隊に呼び止められた。人力車の主が碧眼《へきがん》の外国人だとは、彼らも想定していなかったようだ。ぎょっと目を剝かれてしまった。

ウィルソンは流暢《りゅうちょう》な日本語と気さくな笑顔で応じてみせた。若い時分の明るいブラウンヘアよりも、白髪頭になった今は日本人の翁《おきな》に近付いた気がするのだが、傍目《はため》にはそうでもないようだ。

浅草のにぎわいを突っ切ると、夜の闇が増したように感じられた。上野の一帯には開発途上の原っぱもいまだ多い。夜中まで明るいのは停車場くらいのものか。上野公園を迂回して谷中に入れば、寺と墓と坂道ばかりだ。暗がりに何かが潜んでいてもおかしくはない。

ウィルソンはジャケットの襟を掻き合わせた。

ガス灯が並木のように立つ大通りばかりではない。帝都の闇は存外深いものだ。銃も刀も規制されたとて、日本は決して安全な国ではない。

そんなふうに、かつて山川健次郎に忠告されたことがある。彼は今でも武士だ。愛用のステッキに刃が仕込んであるのを、こっそり見せてくれた。毎朝の稽古も怠りがないと言っていた。

車夫と用心棒が立てる足音と、人力車の車輪が転がる音、車軸が軋む音。そのほかに音はない、はずだった。

否。

何かが薄気味悪い。

どこからともなく、何かが聞こえる。ウィルソンは耳をそばだてた。空耳ではない。ウィルソン一行ではない何者かが立てる物音が、確かに聞こえる。

少し急いでくれんかな、とウィルソンは車夫に告げようとした。まさにそのときだった。

ふと、暗闇が揺れるのが見えた。次いで、月の光よりもなお鋭い、細くきらめくものが見えた。

ウィルソンはそちらに向き直った。おぞましい予感があった。ウィルソンの背筋が凍った。

車夫が足を止めた。

暗闇に一条の光がある。カンテラの明かりを反射した光だ。

それは刀だった。すらりと長い太刀だった。

何者かがそこにいた。

用心棒は身構えることもせず、悲鳴ひとつ上げなかった。その隙を与えられなかった。

太刀が翻った。びゅ、と風が鳴った。聞いたことのない音がして、用心棒の首が跳ね飛んだ。むっとした匂いが噴き上がった。ウィルソンの頬に生暖かい雫《しずく》が触れた。

首を失った用心棒がくずおれた。

何事が起きたのか。理解が追い付かないまま、ウィルソンは目を見張った。その目は最期《さいご》に、冴え冴《さざ》えとした太刀の輝きを映した。

太刀が振るわれた。

ウィルソンの首は胴体の上から転がり落ちた。

二．鋭鋒

「ウィルソン先生が亡くなったそうです」

開口一番、泉助は悲痛な面持ちで告げた。

碧一と光雄は視線を交わし合った。知らせを受けたとき、さほどの驚きはなかった。

やはり、と何となく思った。ただ、不快ではあった。碧一は吐き捨てた。

「みすみす死なせちまったのは失策だ」

光雄は声をひそめた。

「ヘキの言うとおりだな。俺らの見通しが甘かった。泉助くん、亡くなったというのはどういう状況で？」

「例の件です」

「殺されたわけか」

「夜、路上で首を刎《は》ねられたそうです。近くに数珠玉が転がっていたと」

光雄は周囲を見やった。大学構内である。午後の講義が一段落したところだ。泉助と同じ制服の学生たちが行き交っている。幸い、誰もこちらに注目してはいない。

碧一は貧乏徳利に口を付けた。

「あんたはその話を誰から聞いた？」

「山川先生です。昼頃、教授室に呼ばれて、話をうかがいました」

「死体が出た場所も聞いたか？」

「谷中の外れの路地だと聞きました。ウィルソン先生は外出先から御帰宅なさるところだったと。人力車の車夫や用心棒ともども、もうすぐ屋敷が見えるというあたりで亡くなっていたそうです」

「先生も詳しく教えたもんだ」

「私がそこに近寄らないようにとの御配慮です。ほかの学生に口外するなと釘《くぎ》を刺されました。確かに、学生の中には探偵紛《まが》いのことをやりたがる者もいますから、危険ですね」

光雄は、後ろ手に隠していた雑誌をばさりと鳴らし、泉助の前に広げてみせた。

「ところがだ。学生相手の雑誌が、既にウィルソン氏斬殺の件を報じちまっている。山川先生がきちんとした筋から聞いた話と、死体の状況も場所もきちんと嚙み合う記事だ」

「何ですって」

「記事の文体はずいぶんおどろおどろしいがね。何にせよ、この雑誌は耳が早すぎる。ちょいと事情をうかがいに行ってみたいよね」

「私も行きます。その雑誌、確か池之端門のところで売っているものですよね？」

「ああ。版元もそっちの方面だ。行こう」

泉助は神妙にうなずいた。一足先を碧一が歩き出した。

東京帝国大学の敷地は広大だ。構内には煉瓦《れんが》造りの洋風建築が多い。有名な設計士が手掛けたものだという。旧幕時代には諸藩の江戸屋敷が置かれていた一帯である。加賀《かが》藩邸の赤門だけが、往時の名残を今に伝えている。

「建物がどんどん増えていくな」

碧一の独り言に、泉助が顔を上げた。

「正門も新しいのですよ。御存じですか？」

光雄が応じた。

「ああ、赤門の並びに造っているやつだな。石造りの、背の高い門だ。人力車が悠々とすれ違えるくらいの大きさの」

泉助はうなずいた。いくぶん顔色が戻ってきている。

「我らが東京帝国大学は、より大きくなっていかねばならないのです。日本の学問は今、発展の途上にあります。国内の学問府で最も規模の大きな東京帝国大学でも、諸外国の水準に比すれば、まだまだ足りません」

　光雄は目をしばたたいた。

「足りないか。理学、工学、医学に文学、法学と、巨大な図書館、印刷所と製本所。これだけのものがあっても、まだ足りないのか」

「足りません。特に工学です。内燃機関や飛行機の研究をもっと進めなければならない、世界の水準に追い付きたいと、山川先生はおっしゃいます。本来、大学は官僚を養成するための機関ではない、学問と研究の真髄を極めるための場であるのだ、と」

「あの人、俺らみたいなのと親しくしてくれちゃいるが、実は化け物みたいに頭がいいんだろう？　十七かそこらでアメリカに渡って、四年で大学を卒業して帰ってきて、国賊会津と呼ばれながら、実力ひとつで東京帝国大学の礎を築いた」

「山川先生が留学なさったのは、アメリカでも屈指の名門、エール大学です。在籍しただけではなく、理学の学位を取得なさいました。日本にはきちんとした形で存在しなかった物理学という学問を持ち帰り、日本語で物理学を説く教科書を作るところから始められました」

「中学も出てねえ俺が言うと軽く聞こえちまうかもしれねえが、山川先生って、すげえ人なんだな」

　光雄の単純な感想に、泉助は満足げな笑みを見せた。

碧一たちは池之端門を出た。雑誌屋の姿は見当たらない。待ちぼうけを食うよりはと、誌面に書かれた住所を頼りに、雑誌社を訪ねることにした。

不忍池《しのばずのいけ》の西側を迂回して南に抜けると、寄席の立ち並ぶ遊興街だ。猥雑《わいざつ》な路地を抜け、電車の走る大通りを渡る。

細いビルヂングの裏手に回った、そのときだった。

突然、大声が聞こえた。

「何しやがんだ！」

男の声だ。慌てているようで、ひどく上ずっている。

光雄は帽子を指で弾いた。

「喧嘩かな？　ヘキの出番かもしれんぞ」

路地裏は昼間でも薄暗い。奥から、一人の男がまろび出てきた。次いで、わらわらと、身なりの崩れた男が五人。

逃げる男は書生風の出で立ちである。荒事慣れした様子はまるでなく、腰が引けている。追い付いて取り囲んだ連中は体格がよかった。長ドスや匕首《あいくち》、サーベルを携えている。見るからに素人ではない。

泉助は進み出て声を上げた。

「助けないと！　襲われている人は、私たちが訪ねようとしている相手です。怪我《けが》でもされたら困ります！」

光雄は、今にも飛び出しそうな泉助の腕をつかみ、碧一を見上げた。

「そういうことらしい。ヘキ、行ってくれ」

「俺がかよ」

「そう、おまえが。俺は泉助くんを護衛する」

碧一は舌打ちをした。

「しょうもねえ仕事を増やしやがって。くそが」

そして身構えもせず、いきなり地を蹴って進み出た。

速い。

はっとした無頼漢どもが振り向くときには、碧一の手は既に相手をつかまえている。幼児の相手をするかのようだ。大の男をあっさりと地面に引き倒す。

二人目も棒立ちだった。碧一の右手が相手の襟を、左手が袖をつかむ。碧一は体を沈め、腰を支点に相手をすくい上げ、投げた。軌道がきれいな円を描く。

「この野郎！」

一人、罵声を上げて突っ掛かってくる。碧一の背後だ。

碧一は振り向きもしない。袴が翻る。正確無比の回し蹴り。軍靴が敵の横っ面を張り飛ばす。

陽光にぎらりと光るものがある。

「ぶっ殺すぞ！」

威勢よく吠《ほ》える無頼漢の手に、鞘を払った長ドスがある。

碧一は目を細めた。

長ドスが振りかぶられる。碧一は貧乏徳利をつかんだ。踏み込んで体を沈める。貧乏徳利を振るう。ぶん、と空気が唸る。

骨の砕ける音がした。無頼漢の手だ。長ドスが明後日《あさって》の方向へ飛んでいく。

「もう一丁」

碧一は無頼漢の肩に貧乏徳利を叩き付けた。無頼漢は崩れ落ち、もう動けない。

残るは一人。サーベルの柄を握り、抜きもせずに固まっている。目を剝いた顔は引きつっている。

碧一はニタリと笑った。

「抜いてみやがれ。その途端、頭をかち割ってやるぜ」

一升入りの貧乏徳利は十分に重く硬い。分厚い陶器もろとも、人の頭蓋骨などたやすく割れて砕けるだろう。サーベルの無頼漢は、ひっ、と喉の奥で泣いた。

泉助は光雄の傍らでぽかんと口を開けた。

「強いんですね。柔術ですか」

「柔道って呼ぶのが正しいらしいぜ。あいつ、子供の頃に講道館の嘉納治五郎《かのうじごろう》先生から直々《じきじき》に教えを受けたそうだ」

「嘉納治五郎先生！　我らが東京帝国大学を卒業された偉人のお一人です」

光雄は頬を掻いた。

「ヘキのやつ、本当は剣も相当使えるんだがな。普段はああやって、ごろつきみたいに貧乏徳利を振り回すばっかりさ。格好が付かんだろう？」

サーベルの無頼漢は青ざめていた。碧一がこれ見よがしに一歩近付いてみせると、後ずさって振り向いた。

「し、指示をされたんでさあ！」

無頼漢の指差す先にいるのは、いかにも上等そうな羽織袴の老人だ。白髭《しらひげ》の口元をわなわなさせ、狼狽《ろうばい》もあらわに、老人は甲高《かんだか》い声で叫んだ。

「違う！　僕は命じてなどいない！　この者たちは護衛の……いや、勝手に、早とちりを、それで……！」

雑誌屋はその隙に光雄のところまで飛んできて、老人を指差した。

「あいつ、脅しを掛けてきたんですよ！　僕の『早耳ぺーパー』があいつにとって不都合だったから、こんな連中まで雇って襲ってきやがって！」

老人は悲鳴を上げた。

「違う、襲うために雇ったのではない！　襲われそうなのは僕のほうなのだ。だから用心棒を雇ったというのに、この馬鹿者どもが！　僕を護衛するどころか、面倒を起こした上にこんなに弱いなんて！」

光雄は、ぱちんと指を鳴らした。

「旦那、用心棒が必要ですかい？　もしや、命を狙われていらっしゃるのですか？　この雑誌に報じられている、妖刀数珠丸に？」

老人はびくりと身を強張らせた。

「君は何だ？　なぜ、数珠丸のことを……」

光雄は、えくぼのできる笑い方をしてみせた。こうすると、いかにも誠実な青年のように見える。

「妖刀絡みの件ならば、俺たちが力をお貸ししますよ。ぜひ俺たちを雇ってください。俺の相棒の腕は今、御覧になったでしょう？　信用してください。必ず旦那をお守りしますから」

打ち倒された無頼漢どもが路上で呻いている。表通りのほうから、警官らしき男たちの怒鳴り声が聞こえてきた。

碧一は、サーベルの無頼漢をひょいとつかんだ。次の瞬間には地面に叩き付けている。襲撃者が一人残らず動けないのを確かめると、碧一は顎をしゃくった。

「ひとまず逃げるぞ。警官につかまったら厄介だ」

雑誌屋が先導した。

「うちに避難してくれ。こっちだ」

光雄は泉助を連れ、碧一は老人を担ぐと、一目散に雑誌屋に続いた。背後がにぎやかになる。ようやく現場に到着した警官たちが、すわ暴動か、と騒いでいる。

路地に身を隠し、碧一はちらりと振り向いた。

「御苦労なことだ」

泉助は息を切らし、帽子の鍔を引き下げた。

「このあたりは大学から近いので、警戒されているのですよ。思想犯は大学から出てくるものと想定されているようですから」

雑誌屋が数軒先で手招きしている。勝手口を開けてくれたらしい。光雄、泉助、碧一の順に、狭苦しい扉をくぐった。

鉛筆のように細長いビルヂングが、雑誌『早耳ペーパー』の版元だった。

雑誌屋は、本多文治《ほんだぶんじ》と名乗った。取材も執筆も印刷も販売も、基本的に一人でこなしているという。

文治は、助けてくれた礼として、碧一らが求める情報を何でも出すと言った。こういうとき、碧一は光雄の後ろに引っ込んでいる。情報収集や交渉は光雄の役割だ。

光雄の求めに応じて、文治は正直に答えた。

「殺された連中の名前は誌面に載せちゃいないが、調べは付いているよ。それなりに名のある金持ちが多くてな。中には、用心棒稼業のいかつい社長さんもいたな。もちろん本人も腕利きの用心棒を侍《はべ》らせていた。が、それが全滅だったらしい」

帳面に書き上げられた名と、その仕事。死んだ連中の素性の一覧を、光雄はぶつぶつと早口の小声で読み上げた。異様に物覚えのよい光雄にとって、これで十分なのだ。

光雄は帳面を文治に返した。

「こっちはわかった。それで、次の疑問だ。文治さん、あんたはなぜ、妖刀と数珠玉の件を素早く正確に報じることができる？」

文治は盛大に顔をしかめた。

「見たことを後悔するかもしれんぞ」

脅しておいて、文治は古びた硯箱《すずりばこ》を持ってきた。中に入っているのは、硯でも筆でもペンでもなかった。

血で汚れたわら半紙が、そこにあった。文治は端をつまんで紙を広げてみせた。殴り書きの金釘流の文字が、赤茶けた染みの間に散らばっている。

谷中
外国人教師　　丑の刻
数珠玉
斬殺　首
怨
刃

しばし沈黙が落ちた。碧一は鼻を鳴らし、泉助は顔を背けた。碧一が担いで引っ張り込んだ老人は、最初から隅のほうで震えている。

光雄は、鳥肌の立った腕をさすった。

「なるほど。こりゃあなかなか気味が悪い」

文治は一同に念を押した。

「見たよな？　読んだよな？　もうこれは燃やしていいな？」

どうぞ、と光雄がうなずいた。

文治は血染めの紙片を煙草盆《たばこぼん》に放り込み、煙管《キセル》を引っくり返した。火の粉が飛ぶ。

紙片はたちまち燃え、黒く縮れて散った。煙草盆のある卓上には、あっちにもこっちにも、盛り塩をした皿が置かれている。

光雄はしかめっ面で尋ねた。

「今のがネタ元ってわけか」

「妖刀が出た翌日、あれが朝いちばんに投げ込まれているんだ」

「いつもかい？」

ぶるっと震えた文治は、せわしなく点頭した。

「ああ、いつもだ。血染めの刀が現れるたび、数珠丸が人を斬るたびに、僕のところにあれが来る」

「文治さんのところだけに？」

机の上には、妖刀事件を報じた記事の切り抜きが散らばっている。他社の新聞や雑誌もあるようだが、多くは『早耳ペーパー』のようだ。

文治は腕組みをした。いや、体が冷えてたまらないというふうに、ぎゅっと己の身を抱き締めている。

「最初の投書は別の社にも届いたらしいんだ。でも、相手にしたのは僕だけだった。僕も半信半疑というか、まあ、怪談噺のネタにちょうどいいねって具合で、ほんの小さな扱いだったんだけど」

「しかし、これは本当に起こっている出来事だった。嘘っぱちの怪談噺なんかじゃなく、実際に斬殺死体が出ちまってるわけだ」

「ああ。このネタを『早耳ペーパー』に載せた日、その筋の知り合いから、辻斬りにやられたような死体が出た話を聞いたのさ。しかも、投書にあるとおり、数珠玉付きだ。こりゃあ投書は本物だぞと思ってね」

「それで、こうして毎回載せている。売り上げは上々かい？」

「すごいよ。妖刀のほうも僕をお得意さんだと思ってくれやがったようで、律儀に毎度欠かさず、お知らせしに来る」

「姿を見たことはあるかい？」

「あるもんか！　お互い、姿を見せねえほうが幸せってこともあるだろうよ。君は見たいのか？」

「いやあ、まあ、遠慮したいな」

文治は煙管をくわえた。

「あれの正体が何だろうと、読者に受けるネタをくれることには違いないんだ。そういう意味じゃあ怖くない。僕とあいつは利を共にしているわけだ。あいつが名乗らない以上、追及しないのが礼儀だろうとも思ってる」

「礼儀ねえ」

「僕が真に怖いのは、思想を取り締まりやがる政府や警視庁の犬どもさ。ちょっと尖った社会主義でも唱えちまったら発禁処分。下手すりゃ牢獄《ろうごく》行きだ。僕は、本当はもう少し踏み込んだ記事も載せたい。でも、今の日本では、それが自由にできない」

雑誌社の看板を掲げたビルヂングは、古いとも新しいとも判然としない。インクの匂いと煙草の匂いが混ざり合って屋内に充満している。壁も天井も煤《すす》けた色だ。

光雄は、隅のほうで縮こまっている老人を手招きした。

「さて、旦那。そろそろこっちへおいでなすって、事情を話していただきましょう。正直にね。でなけりゃ、腕利きの俺たちでも、守れるもんが守れねえ。うっかり旦那を死なせちまうかもしれませんぜ。ああ、まずはお名前をうかがいましょうか」

「……佐々木庄《ささきしょう》右衛門《えもん》だ」

「佐々木の庄右衛門さんね。それじゃあ、庄右衛門さん。あんたはなぜ文治さんを襲わせたんです？」

庄右衛門は頑なに首を振った。

「違う。襲えとは言わなんだ。あの用心棒どもが早とちりをした」

「じゃあ、何を命じたんですか」

「あの雑誌屋に、妖刀が次に狙う相手を尋ねてこいと命じた。それだけだ」

文治は机を叩いた。

「違うだろうが。いきなり殴られたぞ。用件を言われたのはその後だ。もっと痛い目を見たくなかったら人斬り刀の狙いを教えろとな」

黙っていた泉助が口を開いた。

「血染めになる刀や妖刀に斬り殺される人物に、何か共通項があるのですか？　庄右衛門さんは、殺され得る共通項を持っている？」

文治は答えた。

「両方とも金持ちが絡んでるな。まず血染めの刀が出た家だが、刀の蒐集《しゅうしゅう》が趣味だなんてやつはそもそも金持ちだ。殺されたやつも、どこぞの店の旦那や社長、楽団の演奏家、それに昨日の元お雇い外国人ってことで、そこそこ裕福な連中だった」

庄右衛門はがたがた震えながら、袂《たもと》から根付を取り出した。瑪瑙《めのう》である。彫り込んで金を塗った模様は、長い脚を八方に広げた蜘蛛だ。

碧一はつぶやいた。

「また蜘蛛か」

庄右衛門は根付を握り締めた。

「ウィルソン先生も同じものを持っていたはずだ」

泉助は庄右衛門に詰め寄った。

「それは何の証《あかし》なんです？　ウィルソン先生は、四谷正宗の刀装にも蜘蛛をお選びになっていた。蜘蛛に何の意味があるんですか？」

文治は、はたと手を打った。

「もしかして、多摩峰トワ子か？」

庄右衛門は悲鳴を上げ、目の色を変えた。

「トワ子さまとお呼びしろ！　我々はトワ子さまの特別の御寵愛《ごちょうあい》を賜る集会、夜光会に所属しているのだ。宝玉で作られた蜘蛛の御印こそ、会員の証」

文治は合点のいった顔をした。

「夜光会。通称、蜘蛛の会。多摩峰トワ子のパトロンの集まりだな。交霊会に魔術の披露、お祓いに祈禱、そういうのをやってるという噂はあるが、本当だったのか」

光雄は首をかしげた。

「多摩峰トワ子っていうと、不思議な力を持った美女ってんで有名なやつか」

「美女なのかねえ？」

「その噂、文治さんは半信半疑かい」

「多摩峰トワ子の御面相を拝んだことがないんでね。人知を超えた力を使うとなればきっと美女に違いないっていう、ありふれた期待がトワ子美女説を生んでるんだと思うが」

泉助は額を押さえた。

「信じられない。ウィルソン先生がそんな、非科学的な……あんな立派なかたが、まじないなどに引っ掛かっていたなんて。それが原因で妖刀に付け狙われたかもしれないということでしょう？　何て浅はかな……」

庄右衛門が泉助に指を突き付けた。トワ子への非礼を咎めるべく、わめき立て始める。

碧一は貧乏徳利を庄右衛門の眼前に押し出した。

「うるせえよ。落ち着け。酒でも食らうか？」

庄右衛門は、ぐうの音《ね》も出ない。

光雄は文治に向き直った。

「文治さん、あんたにわかる範囲でかまわねえんだが、ほかに情報はあるかい？　蜘蛛の会ってやつの話も聞きたい」

「蜘蛛の会のほうは、噂話程度にしか知らんぞ。探ってどうするつもりだ？」

「やられてんのが本当に蜘蛛の会の連中ばかりなら、こっちも動きようが出てくる。妖刀が何を考えてんのか、わかるかもしれねえ」

「まさか妖刀に事情を聞きに行くってんじゃあないだろうな」

光雄は肩をすくめた。

「これも仕事なんでね」

「大した度胸だな」

光雄は伸び上がるようにして、碧一の肩に手を回した。

「なに、こいつがいれば百人力だからな。こいつに言わせりゃ、世の中、神も仏も呪いもありやしないんだと」

碧一は鼻白んだ。

「世の中、ありもしねえもんを恐れるやつが多すぎる」

「おまえはちょっとくらい恐れたほうがいいけどな。おまえのせいで俺まで、わけのわからない案件に巻き込まれる」

呪いだ、祟《たた》りだ、幽霊だと、いわくつきの依頼が増えたのはいつ頃からか。碧一と光雄が組んで五年ほどになるが、最近はまともな案件のほうが少ない。

光雄は庄右衛門に、にこりと微笑んでみせた。

「さて、それじゃあ商談に入りましょうか。護衛がほしいと言いなさったが、いつ、旦那をお守りすりゃあいいんで？」

庄右衛門はびくびくして答えた。

「……明日の夜だ」

「明日の夜、何があるんです？」

「夜光会の集まりがある。この行き帰りを護衛してほしいのだ。何せ、つい先日……」

庄右衛門は口ごもった。視線がさまよう先に、文治が出してきた雑誌がある。数日前のものだ。

光雄は庄右衛門の視線をたどり、雑誌を拾った。

「本郷区真砂町の路地で妖刀数珠丸が出た、と。二人斬り殺され、一人は首を刎ねられていたとある。この件が何か？」

庄右衛門は雑誌を指差した。

「その……その場所で、おこなわれるのだ。トワ子さまをお招きして……」

「集会ですかい？」

「そ、そうだ。そこで、あの、交霊会を開く」

「それって何をやるんです？　霊だか神だかを呼んで、そいつと何かしゃべるんですか？」

「まあ……まあ、そんなものだ」

「へえ。どんな効果があるんですかい？」

「……夜光会の部外者には話せん」

「旦那、一応訊《き》きますが、命の危険を冒してまで旦那がそこへ行く義理があるんですかね？」

庄右衛門は、ぐっと言葉を喉に詰まらせた。しばし逡巡《しゅんじゅん》があった。結局、庄右衛門は唾を飛ばして答えた。

「あるとも！　い、行かねばならのだ、何としても！」

碧一は光雄に目配せした。先ほどから光雄が時折、含みのある笑みをちらちらと浮かべるのだ。庄右衛門について何かを知っている様子だと、碧一は勘付いていた。

光雄は大袈裟に、ぽんと手を打った。

「あーぁ、そうだ、思い出した。佐々木庄右衛門さん、あんたの名前、どこかで聞いたことがある気がしていたんですよ。いやね、ただの銀行家なら、俺らのように下々の人間にゃ縁遠いもんなんですが、あんたの名前だけはそうじゃねえんだよなあ」

碧一は光雄に耳打ちした。

「仕事で関わったか？」

光雄も耳打ちして返す。唇をほとんど動かさない。ごく低く絞ってあるのに聞き取りやすい隠密の声音は、光雄の得意技だ。

「お嬢さんだよ。御頭の命を受けて、お嬢さんの交友関係を調べたことがあるからな。お嬢さんの親友の一人が佐々木庄右衛門の孫娘だ。孫娘の名前は、由子さんっていう」

「ああ、なるほど」

「庄右衛門は長州出身だ。過激な尊攘《そんじょう》派の下っ端だった人物で、御一新の後は政府関係者と近しいことを利用して、高級官僚相手の金貸しをやっていた。しばらくして銀行を起業。妻も長州出身で、恩賞華族の娘だ」

「順風満帆じゃねえか」

「いいや、そうでもない。日清日露と、二度の戦争の間は景気がよかったが、最近はどうも危ういようでね。霊能力者に入れ上げるような余裕も、そうそう続くようにゃ見えないんだよな。夜光会って集まりには裏がある気がするぜ」

「それで、どうするんだ?」

光雄はにやりとした。

「泳がせる」

「危険は?」

「あるだろうな。でもまあ、こんなおあつらえ向きの餌が手に入ることも、そうそうねえだろう?」

光雄は庄右衛門に向き直った。にやり、という棘《とげ》と毒のある笑みがもう、にっこり、と人の好さそうなものに作り替えられている。光雄はなれなれしく、庄右衛門の肩に手を載せた。

「事情はわかりましたよ、旦那。ねえ、ここで会ったのも何かの御縁だ。明日の夜の交霊会、俺らが護衛を引き受けますよ。俺に策があります。お任せくださいや」

紫の袴に隠した太腿《ふともも》の拳銃嚢《けんじゅうのう》からピストルを取り出す。鉄の銃身には、ほんのりと体温が移っている。

千鶴子は弾倉を装着し、遊底を引いて、両手で銃把《じゅうは》を握った。ピストルを晴眼《せいがん》に構えたら、すっと、意識が研ぎ澄まされた。

照星の先に霞的がある。千鶴子は安全装置を外し、人差し指を引き金に掛ける。その瞬間。

「撃つなよ、お嬢さん」

大いに水を差された。

碧一が、いつの間にか、千鶴子の背後に立っていた。

本宅の中庭に設けられた射的場である。碧一は古い木斛《もっこく》の幹にもたれ、夕暮れ色の木漏れ日を横顔に浴びている。

千鶴子は構えを解いた。

「帰ってらしたのですね。光雄さんと御一緒？」

「ああ。光雄は御頭に報告と頼み事をしに行ってる」

「お父さまに頼み事？　また叔父さまのお力で警視庁の目をごまかしてほしいという

ことかしら。あなたたち、今回も厄介な案件を負っているのではなくて？」

「さあな」

鼻筋が通り、眉のきりりとした碧一の相貌は、梁山泊屋敷でも屈指の男前だ。しかし如何《いかん》せん、碧一は愛想がない。しゃべり方もぼそぼそしている。しかも、いつも貧乏徳利を携え、酒の匂いを漂わせている。

「及第点には程遠いわね。由子さんの夢を打ち砕いてしまいますけれど」

千鶴子は笑い、弾倉を銃把から抜いた。碧一はじろりと横目で千鶴子を見やった。

「何の話だ？」

「碧一さん、そんなふうでは立派な旦那さまにはなれませんわよ。せっかく背の高い男前ですのに。光雄さんのほうが女性にお持てになるのも道理ですわ」

「余計なお世話だ。女に持てても面倒くせえだけだろう。お嬢さんこそ、そうずけずけとものを言うのは、金持ちの御令嬢にあるまじき下品な振る舞いじゃねえのか？」

「あら、今どきの女学生は、はっきりと己の言葉を語るものですわ。そうでなくては、家族を守る良妻賢母にはなれませんもの。特に、我が水城家のような大きな家ではね」

旧幕時代、本所の川べりは武家地だった。その跡地を広々と占有しているのが、水城家の梁山泊屋敷である。かつて些末《さまつ》な御家人に過ぎなかった水城家は、御一新直後の動乱期にうまく立ち回った。武家地整理にまつわる混乱に乗じ、土地の貸し借りで一財を築いたのだ。

家業は、よろず請負屋である。用心棒でも人捜しでも、素性の調査でも仇討《あだうち》でも、どんな依頼でも引き受ける。

碧一や光雄のような俠客《きょうかく》は、かつて中間《ちゅうげん》や小者《こもの》が住んだであろう長屋に居着いている。梁山泊屋敷とはよく言ったものだ。『水滸伝』の梁山泊ほど英傑の人数は多くないにせよ、さまざまな技能に秀でた人材が水城家の麾下《きか》にある。

千鶴子は水城家の一人娘だ。母がそうしたように、いずれ婿を取って水城家を継ぐことになっている。

碧一は藤色の首巻をいじっている。

「お嬢さんの銃は新しいやつか？」

「よく気が付きましたわね。お父さまがアメリカからお取り寄せしてくださいましたの。M1911という、コルト社の最新式の自動拳銃よ。アメリカでは陸軍の制式銃なのですって」

「撃ってみたのか？」

千鶴子は頰を膨らませた。

「まだですわ。近頃はまた警視庁がうるさいからと、お父さまが射撃の練習をさせてくださいませんの」

「内閣がひっくり返ったことの煽りで、どこもかしこもごたごたしているからな。社会主義者や無政府主義者が団結して騒ぐだけじゃなく、近頃は労働者の賃上げ抗争もあちこちで起こり始めたって話だ」

「物騒ですわね。この状況で銃声を轟《とどろ》かせては、また新たな火種になりかねません。わかっていますとも」

碧一は皮肉な笑みを浮かべた。

「いっそのこと、大きな暴動が起こっちまえば、どさくさ紛れに銃でも何でも撃ち放題だろうが」

千鶴子は小首をかしげた。

「碧一さんは銃をお持ちになりませんの？　使えないわけではないのでしょう？」

「持ちたかねえよ。手入れが面倒だ」

「面倒かしら？　わたくしは、この子たち、とてもかわいらしいと思います。特にこのＭ１９１１は自動拳銃で、リボルバー式に比べると、部品が多くて構造が複雑なのです。お手入れに手間暇が掛かるぶん、かまい甲斐がありますのよ」

碧一は肩をすくめた。

「梁山泊屋敷の跡取り娘じゃなけりゃ、お嬢さんもそう恐ろしい女にならずに済んだろうに」

「あら、わたくしはわたくしを好いていますわ。御存じでしょう？　わたくし、的に中《あ》てるのは得意ですの。何を投げても、弓を引いても、銃を撃っても、わたくしにかなう者はいません。技を磨く喜びに、女も男もなくってよ」

幼い頃の遊びの中でそれを最初に見出したのは、当時二十歳《はたち》そこそこだった光雄だ。既に梁山泊屋敷の古株だった光雄は、御頭夫妻に千鶴子の類稀《たぐいまれ》な才能を報告した。

千鶴子の異才を喜んだのは、千鶴子の母だった。我が娘を美しいだけの御令嬢に育てるつもりはさらさらない、と豪語する女傑である。彼女自身、女学生時代には巴御前《ともえごぜん》の異名を取り、生徒はもちろん教師からも持て囃《はや》されたという。

不意に、碧一が唐突なことを言った。

「お嬢さん、さっき、由子さんがどうのこうのと口走ったよな」

千鶴子はいささか面食らいつつ、記憶をたどった。

「申しましたわね。昨日、学校で由子さんやスミさんとおしゃべりしていたときに、碧一さんや光雄さんのことが話題になりましたの。春休みにスミさんのところの青洋軒に食事に行ったでしょう？」

「ああ、そんなこともあったな。俺が馬車を操って」

「あの日は、碧一さんも光雄さんもきちんとした服を着ていらして、たいそう格好がよろしゅうございました。由子さんは、武士らしくあまり笑わない殿方がお好きなのですって。碧一さんの仏頂面を、そう表現して誉めていらっしゃいましたわ」

　碧一はうんざりと顔をしかめた。

「女学生ってのは、そんなしょうもねえ話をするもんなのか」

「しょうもなくて御免あそばせ。碧一さんこそ、由子さんのお名前を出したりするなんて、どうなさったのです？　女学生に興味がおありですの？」

「ねえよ。由子さんって娘の祖父さんと関わり合いになったんだ。祖父さん、胡散くせえもんに引っ掛かってるかもしれねえ」

　千鶴子は眉をひそめた。

「由子さんのお祖父さまが？」

「何も聞いちゃいねえか」

「いいえ、何も。おうちで問題が起こったとしても、そんなお話、学校ではしづらいですもの。ただ、由子さんには悩みがありそうにも見えますわ。心の支えをほしがっているといいましょうか。スミさんの蜘蛛の御守をたいそううらやんでいました」

　碧一は、ぴくりと肩を震わせた。

「蜘蛛の御守？」

「碧一さんも御存じでした？　多摩峰トワ子さんの御守ですけれども。学校で話題ですのよ。トワ子さんは乙女の味方なのですって」

「乙女の？　どうだかな。俺が多摩峰トワ子の名を聞いたのは、おっさんや爺《じい》さんの口からだったぞ」

千鶴子は唇を尖らせた。

「碧一さんが何をお聞きになったのか存じませんけれど、女学生の耳の早さを甘く見ないことです。トワ子さんや蜘蛛の御守のことでしたら、わたくしたちのほうが詳しいかもしれなくてよ？」

「だったら何だというんだ」

「お仕事に関わりがあるから、わたくしとこんな話をなさっているのでしょう？　わたくし、お手伝いして差し上げるのもやぶさかではありませんわ。いかがかしら？」

千鶴子は碧一の袖をつかんで引いた。碧一は酒くさいため息をつくと、千鶴子の手を振り払った。

「踏み込むんじゃねえ。俺も余計なことをしゃべりすぎた」

碧一の声は幾分かすれている。美声とは言えまい。だが、千鶴子はその声が案外好きだ。酒の匂いをさせなければもっといいのに、とも思う。

「余計なおしゃべりをしていたわたくしたち、後で光雄さんに叱られてしまうかしら」

碧一は、ぽんと千鶴子の頭に手を載せた。

「あいつは気苦労が多い。お嬢さんは、できるだけ淑女らしく振る舞ってやってくれ」

「はぁい」

頭の上から碧一の手が離れていく。温かい手だった。その手をひらりと振って、碧一は自分の長屋へと帰っていった。

千鶴子はピストルに唇を寄せた。

「思わせぶりよね、碧一さんって。煽るのがお上手ですこと。ねえ？」

千鶴子の真新しい相棒は、従順に沈黙している。

退屈だ、と千鶴子は思った。そう思った瞬間にはもう、衝動は抑え切れないくらいに膨れ上がっていた。

撃ちたい。

まばたきひとつぶんにも満たない刹那《せつな》のうちに、千鶴子は銃把に弾倉を押し込んだ。的に向き直る。安全装置を外す。引き金を引く。

ぱん。

軽やかな音だった。がつんと両腕に走った衝撃を、しなやかな体幹で受け止める。霞的の中央に穴が開いた。銃口からうっすらと煙がたなびいている。火薬の匂いが千鶴子の鼻をくすぐった。

「怖いものなんて、ない」

千鶴子はにっこりと微笑んだ。

本宅のほうからも、長屋のほうからも、ばたばたと足音が聞こえてくる。千鶴子の発砲を咎めようというのだろう。

千鶴子はちろりと舌を出し、紫の袴を翻して逃げ出した。

本郷の坂道を人力車が行く。既にとっぷりと夜は更けた。表通りのガス灯の明かりは、奥まった坂道にあってはいささか遠い。

カンテラが二つ、揺れていた。車夫の足元を照らすものと、人力車に付いて歩く従者が持つものと。従者は二人おり、老齢の一人は足がもつれている。彼を庇《かば》いながら進む一行は、おのずと歩みが遅い。

月も星も見えない空は曇っているらしい。湿って生暖かい風が吹いている。

「気持ちのいい夜じゃあないね。今にも何かが出てきそうじゃねえか」

人力車に揺られる男が、誰にともなく言った。久留米《くるめ》絣《がすり》の縞《しま》の着物。顔には白髭を蓄えている。

長身の車夫は、ちらりと白髭の男を振り向いた。

「そろそろ来てもおかしくない」

「ああ。本郷って場所は、文豪の住む町なんてことで名高いが、夜になると不気味だねえ。坂道の両側は石塀に阻まれて、どうにも見通しが利かない。夜警の巡回もなさそうだ。特にこの付近、よい子ちゃんが多くて寝静まっているのか、ずいぶん静かで暗いな」

しっ、と車夫が鋭く息を吐いた。足を止める。車輪の音がやみ、しんとした夜気の中、別の音が確かに聞こえた。

鯉口《こいぐち》を切り、刀を鞘から引き抜く音だ。

白髭の男が告げた。

「正面だ！」

告げると同時に、彼は座席を蹴って跳ぶ。車夫は支木を放り出す。人力車が引っくり返る。

闇が動いた。人の形をしている、と見たときにはもう、それは間近に迫っている。

そいつと車夫と、目が合った。

次の瞬間、剣光が走る。長大な太刀だ。太刀を操る腕もまた長い。

転がって避けた。伸びっぱなしの髪が一束、切り払われる。

「ヘキ！」

白髭の男が叫ぶ。

呼ばれた車夫は、碧一である。碧一は舌打ちをした。

「出やがったな、人斬り刀」

梶棒《かじぼう》に吊《つ》るしていたカンテラは地面に落ちて割れ、頼りなく燃えている。太刀を携えた人影は、ゆらりと、白髭の男のほうを振り向いた。

白髭の男はその瞬間、棒手裏剣を打った。太刀が一閃《いっせん》した。金属音。棒手裏剣が払い落とされる。再び投擲《とうてき》を、と身構えるが、遅かった。

太刀に詰め寄られている。

「速えな！」

白髭の男は跳び下がる。

敵が動いた。おかげで形が見えた。

巨漢である。頭からつま先まで暗色の襤褸をまとっている。その手に引っ提げた太刀ばかりが、わずかな灯火を宿して輝いている。

碧一は体を起こした。

「学生さんよ、爺さんを連れて、こいつから離れてろ」

巨漢が再び碧一を振り向いた。

従者に扮《ふん》した泉助は、同じく従者の身なりの庄右衛門の手を引いた。二人と巨漢との間に、白髭の男が立ちはだかる。

「さあ急げ、泉助くん。本郷なら逃げ込む先があるんだろう？　行け」

ささやいた白髭の男は、庄右衛門の着物をまとった光雄である。光雄は白髭をむしり取り、羽織を脱ぎ捨てた。

泉助と庄右衛門がまろびながら駆け去る。巨漢の目がそれを追う。

碧一は軍靴で土を踏み鳴らした。

「おまえの相手はこっちだ、人斬り刀。かまってやるよ。斬れるもんなら斬ってみやがれ」

巨漢が碧一に視線を走らせる。

その瞬間、光雄は棒手裏剣を打った。立て続けに三打。

二度、金属音がした。太刀で払いのけたのだ。

一つ、胴に刺さった。だが、呻き声もない。巨漢は棒手裏剣を引き抜き、投げ捨てた。

巨漢は嗤《わら》った。ざらついて耳障りな吐息のような声で嗤っている。だらりと垂らされた太刀が、嗤う律動に合わせて揺れた。

生暖かい風が吹く。

太刀の切っ先がちらちらと、どこかの明かりを反射している。尖った残光が碧一の眼底に不快な軌跡を引いている。

光雄はブーツから二振の短刀を抜いた。両手に構え、地を蹴る。

同時に碧一が動いた。巨漢の懐に飛び込む。長身の碧一が見上げるほどの巨漢だ。大きいぶんだけ、至近での体捌《たいさば》きは不得手のはず。

否だった。碧一の手は空をつかんだ。

速い。既に躱《かわ》されている。

太刀が碧一を狙った。真正面だ。鋭利な先端が、ばちりと光ったように見えた。碧一は瞬時、恐怖した。首筋の毛が逆立った。

横合いから光雄が突っ込んできた。太刀が狙いを変えた。

甲高く鋼が鳴る。

太刀は光雄の双刀を受け止め、弾き返した。ひゅ、と振り抜く太刀が三日月めいた軌跡を描く。

跳びのいた光雄は、すかさず再び突っ込んだ。太刀は難なく迎え打つ。甲高い音が立つ。火花が散る。

碧一の背に冷たい汗が噴き出している。奥歯を嚙み締めた。

太刀の巨漢は体側を向けている。碧一は組み付こうと試みる。ひゅ、と太刀が鳴る。

切っ先が碧一を狙っている。碧一は逃れる。

巨漢は襤褸の隙間から碧一を見下ろした。横目で光雄を睨み、牽制《けんせい》する。

敵の太刀は長い。巨漢の腕の長さも加えると、体術を仕掛けられる間合いには到底入れない。

碧一と光雄は視線を交わした。ぱっとうなずき、同時に飛び出す。

太刀が迎え打つ。光雄の短刀は、いなすように搦め捕られて弾かれる。返す刀が碧一の首を狙う。いや、横薙《よこな》ぎの一撃はいささか遅い。躱すのに十分な隙がある。

碧一は貧乏徳利を振った。

ごっ。鈍い音がした。

「生身だな」

貧乏徳利が巨漢の胴を打ったのだ。その弾みで、襤褸の懐から、ばらばらと落ちたものがある。

巨漢は嗤った。襤褸からのぞく目が爛々と光った。

来る、と碧一は悟った。

斬撃が降ってくる。碧一は貧乏徳利を叩き付け、打ち払う。巨漢が吠える。間髪入れず斬撃が再び碧一を襲う。碧一は太刀を躱しざま、貧乏徳利を突き出した。

鋼が陶器を断ち割った。破片と酒が飛び散る。貧乏徳利は地面に落ち、粉々になる。

なおも太刀は碧一を狙う。碧一はただ躱す。間合いを詰める隙も空ける隙もない。剣筋は見えない。勘にしか頼れない。

光雄は構えを解かず、しかし動けない。

「遊んでいやがる……」

巨漢は自在に丸腰の碧一を翻弄する。碧一は誘導されている。背後がもうない。民家の生垣のほうへと追い詰められている。

そのとき声がした。

「出おったか！」

老いた声だ。しかし裂帛《れっぱく》の気迫である。

路地から翁が飛び出してきた。翁は体を低くして駆ける。たちまち巨漢との距離が詰まった。地面が縮んだようにさえ見えた。

翁は左手で抜刀した。巨漢の太刀が迎撃する。

碧一は、ぱっと飛び離れた。

翁が突きを放つ。巨漢の太刀が受け、突きの軌道をそらす。巨漢が返す刀を打ち込む。翁は峰でさらりと受け流す。

巨漢は吠えた。いかずちのような斬撃が放たれる。翁は応じる。力比べはしない。柳のような剣だ。搦め捕っては躱し、しなうようにして猛攻を防ぐ。

もう一つ、駆けてくる足音がある。

「碧一さん、この刀を！」

泉助が路地から現れた。鞘に納めた刀を抱いている。泉助は半ばつんのめりながら、碧一に刀を押し付けた。

碧一は舌打ちをした。

「嫌いなんだよ、刀は」

碧一は抜刀した。鞘を放り、飛び出す。

巨漢が大薙ぎに太刀を一閃した。翁は間合いを取った。代わりに前進した碧一が刀を晴眼に構える。巨漢は唸り声を上げた。

生暖かい風が吹く。

焦《じ》れるような沈黙が落ちる。

汗と酒と丁子油《ちょうじあぶら》の匂いが鼻を突く。

均衡を、光雄が崩した。

「せいッ！」

棒手裏剣を打った。

巨漢は猿《ましら》のように転がって躱した。跳ね起きると同時に、横倒しの人力車を蹴った。

盛大な音が響く。

人力車が道を塞いだ。ひっくり返って歪んだ車輪の向こうで、襤褸に覆われた顔が嗤った。

巨漢は踵を返し、走った。大きな体軀《たいく》に似合わぬ、素早く鋭い身のこなしだった。獣か、さもなくば鬼か。

翁は刀を鞘に納めた。痩身で意外に上背があり、しゃんと姿勢が伸びている。真っ白な総髪に、髭もまた真っ白だ。

ふさふさした眉の下、翁は双眸《そうぼう》を炯々《けいけい》と光らせた。

「愚か者が。士道不覚悟なるぞ。丸腰で刺客に挑む馬鹿があるか！」

碧一は、鞘を拾った泉助に刀を押し付けた。

「俺は武士じゃねえんだ。士道なんぞ知るもんか」

いつの間にか肩で息をしている。碧一は己の体を抱き締めた。

光雄は棒手裏剣を回収した。奇妙なものが目に留まった。

「何だ、これは？」

ハンカチーフを出して、それを拾った。ためつすがめつしてから、ああ、と声を上げる。数珠玉だ。碧一が貧乏徳利で巨漢の胴を打ったとき、何かが落ちた。その正体がこれだ。

翁は一行をぐるりと見回した。

「儂の家へ来い。健次郎さんから話は聞いている。佐々木庄右衛門なる男も匿《かくま》っている」

泉助が勢い込んで告げた。

「心強い味方ですよ。このかたは会津の恩人なのです！」


翁の名は藤田五郎といった。

五郎翁は天保の終わり頃の生まれで、動乱の頃には佐幕派の剣客として京都で名を馳《は》せた。会津藩士ではなかったが、戊辰の役では会津と共に戦った。敗戦後、会津の武家一同が過酷な転封を強《し》いられた際にも、共に極寒の地へ移った。

そこそこに広いが質素な居間で、五郎翁は目元をわずかにやわらげた。

「健次郎さんのことは、あの人が十四の頃から知っている。儂は十ほど年上だが、あの人の利発さと気の強さには、大人の武士でもきりきりさせられたものだ」

下座に着いた光雄は、五郎翁にまっすぐ向き合った。

「泉助くんが藤田先生を呼んできてくれて、本当に助かりました。改めてお礼申し上げます」

光雄は深々と頭を下げた。隣であぐらをかいた碧一はそっぽを向いた。ヘキ、と小声で咎められる。

先に藤田家に保護された庄右衛門は二階で休んでいるという。二階には下宿生を住まわせるための部屋がいくつかあり、今はたまたま一室空いているのだと、五郎翁の妻女、時尾《ときお》は言った。武家育ちらしく凛とした老婦人である。

泉助は眉をひそめた。

「藤田先生、私は山川先生からうかがったのですが、以前にも、あの奇怪なものをお見掛けになったそうですね」

五郎翁はうなずいた。

「血の匂いを嗅いだのだ。あれが人を殺した後に駆け付けた。そのことを健次郎さんに話した」

碧一は合点した。怪力乱神を語らぬ健次郎が言ったのだ。妖刀数珠丸に絡む目撃者が二人いて、二人とも健次郎が信頼を置く人間だと。

光雄が話をまとめた。

「つまり、血染めの刀と数珠玉を目撃したのが泉助くんだった。斬殺死体と数珠玉、さらに太刀を携えた不気味なあれを目撃したのが藤田先生だった。双方から話を聞いた山川先生が、俺らに真相究明と泉助くんの護衛を依頼したってわけだ」

泉助は目を伏せた。

「山川先生もお忙しくなければ、藤田先生からお話をうかがう席を設けてくださったと思うのですが。今、本当にお忙しいようなのです。年度の始まりを秋から春へ動かす計画だとか、全国の帝国大学に新たな研究機関を興すための会議だとか」

「そうだろう。山川先生の御多忙ぶりは、俺もヘキもよく知っているよ。藤田先生、お話を聞かせてもらっていいですか。さっきのあれについて、何かお気付きのことはありません？」

「さて。目撃したとおりのことしか言えんが。あれは相当の使い手だ」

「確かに。ヘキが手も足も出ねえ相手なんて、めったにいません。刀のことはどうです？　藤田先生は御自分でも刀をお持ちになってるくらいだし、お詳しいんでしょう？」

五郎翁は、傍らに置いた二振の刀を見やった。

「大振りな刀だったな。刃渡りだけで二尺七寸といったところか。薩摩の野太刀にも見えなんだ」

泉助は前のめりになった。

「二尺七寸というと、約八十一センチメートル。徳川幕府の下では、二尺二寸八分以下の刀しか差してはならないというお触れがありました。あれは、より古い時代の太刀なのでしょうか」

「尊王攘夷の動乱のさなかでは、長い刀を好んで扱う者もいたがな」

「藤田先生がお使いの、こちらの刀はどうなのです？」

「孫六《まごろく》が二尺二寸。碧一さんに貸した、虎徹に似た無銘のほうは二尺一寸八分。いずれも、さほど珍しい代物ではない」

泉助は心痛そうに胸を押さえた。

「人斬り刀の正体が数珠丸であるという噂はお聞きになりましたか？」

「聞いた。天下五剣の一振が、嘆かわしい」

光雄は首をかしげた。

「天下五剣？」

泉助が答える。

「いつの頃に言われ始めたものか、おそらく徳川幕府が興ってからだと推測されますが、天下すなわち日本全国に名だたる宝刀として、五振の太刀が並び称されるようになったのです」

「そのうちの一振が、噂の数珠丸なのかい」

「はい。粟田口《あわたぐち》の国綱《くにつな》が打った鬼丸、三条小鍛冶宗近《さんじょうこかじむねちか》が打った三日月、伯耆《ほうき》の安綱《やすつな》が日本刀の反りを生み出した頃の名作である童子切《どうじぎり》、三池の典太光世《でんたみつよ》の最高傑作とされる大典太《おおでんた》光世……」

「そして、日蓮上人の護刀だった数珠丸か」

「数珠丸だけが唯一、何かを斬ったという逸話がありません。ほかの四振は妖怪や病魔を斬ったり祓ったりという伝説によって、名刀ぶりに箔《はく》が付けられているのですが」

光雄は膝を打った。

「そう、それだ。名刀ぶりだの箔だのっていうのは、どうやって決まるんだ？　姿かたちがきれいなのかい？　切れ味がいいのかい？　有名な刀工が打ったのかい？　そのあたりのことがよくわからねえんだよ」

泉助は五郎翁と目を見合わせた。五郎翁は小さくうなずき、泉助に話を促した。泉助は滔々《とうとう》と語り始めた。

「まず、古い時代のことをお話しすれば、片刃で反りのある日本刀の形が成立したとされるのは、平安京が栄えた頃です。この時期にはまだ、金属加工の技術が未熟です。突いたり切ったりできるまともな刀は、身分の高い者だけが手にできる宝物でした」

五郎翁が補足する。

「天下五剣で言えば、童子切がその頃の刀だ。酒呑童子《しゅてんどうじ》を斬ったという」

「出来のいい貴重な刀には切れ味をうかがわせる物語が付せられ、ますます意味を大きくします。時代が下って、源氏《げんじ》の刀、平氏《へいし》の刀にもそれぞれの武勇伝が添えられ、単なる武器としての役割のみならず守り神としての役割をも担います」

　碧一が、ほうと息をついた。

「よくもまあ、いちいちそんな話が伝わってるもんだ。千年も昔の話ってことだろう？」

　泉助はうなずいた。

「現代に通じる刀剣の価値付けについては、いくつかの重要な基点があったと私は見ています。まず、室町将軍家。名刀を蒐集し、武器や神器としてではなく、為政者を権威付ける美術品としての価値を打ち出しました」

　ああ、と光雄は手を打った。

「剣豪将軍足利義輝《あしかがよしてる》が配下の三好《みよし》に裏切られた永禄の変で、畳に突き立てた数々の名刀をとっかえひっかえして戦ったって話、有名だな」

「その話自体は頼山陽《らいさんよう》の創作だと推測されますが」

　泉助が応じる。

「え、嘘なのか」

「事実ではなかったようですが、物語による権威付けというのは、得てしてそういうものでしょう。足利義輝が蒐集した名刀には、その物語を引き寄せるほどの意味が持たされたのです。義輝が遺《のこ》した名刀を、戦国大名は競って手に入れました」

「義輝の死後、すぐの頃ってことか？」

「はい。織田信長《おだのぶなが》や豊臣秀吉《とよとみひでよし》も名刀を蒐集しました。義輝の名刀を己のものとすれば、室町将軍家の権威を引き継いだのは己であると、誰の目にも明らかでしょう。その風習は徳川幕府にも持ち越されました」

五郎翁は言った。

「八代将軍吉宗《よしむね》公の享保の頃には『名物帳』が著され、刀剣の来歴や格付けが整理された」

光雄は五郎翁の刀を指し示した。

「藤田先生がお持ちの刀も、そこで格付けされたやつなんですか？」

「これらは大したものではない」

「でも、孫六とか虎徹とかって名前が付いてるじゃないですか」

「刀は、その刀を打った刀工の名で呼ぶのだ。関の孫六であれば、美濃国、今で言う岐阜県の関にある孫六という刀工一門の作、ということになる。有名なのは二代目兼元で、これは『名物帳』にも載っているが、儂の刀はつい近年のものだ」

「じゃあ、虎徹もそうですか。虎徹っていう刀工がいたんだ」

「長曽祢興里《おきさと》が興した刀派が虎徹だ。刀の茎《なかご》に虎徹という銘を切った」

茎と言いながら、五郎翁は刀の柄を指差した。柄から拵を取り払えば、刀身からひと続きの鋼の芯が通っている。そこが茎だ。

光雄はもう一つ問うた。

「天下五剣には、何とか丸っていう名前が付いていますね。その名前は？」

「号だ。刀工国綱が打った鬼丸は、鬼を斬ったことに由来して鬼丸という号を与えられた。三日月にせよ数珠丸にせよ、意味と価値を持った刀であるがゆえに、通常の呼び名とは違う、その刀だけの号を持つのだ」

「なるほど。名刀虎徹ってのはよく聞くが、虎徹という刀派が打った刀なら全部が虎徹なんだ。それに対して、名刀鬼丸ってのは、その一振しかこの世にない。格が違うってやつですね」

五郎翁はどこか遠くを見る目をした。

「ほんの五十年前なら、刃物を使う男は皆、この程度は知っていたはずだが」

「いや、実に面目ないです。俺も短刀を使いますが、親父が遺していったのを拝借してるだけで、由来も何も聞いちゃいなくて。極端な言い方をすれば、俺にとって刃物なんてものは、使えりゃ何でもいいんですよ。消耗品なんです」

「そういう時代ということだ。警察や軍でもその程度の扱いだと聞く。日清戦争、日露戦争で軍刀の需要は増したが、そこには刀への敬意も愛着もなかった。今は武家でも軍でもなく、金持ちこそが最も刀に詳しい」

泉助はうなずいて引き継いだ。

「享保年間に編まれた『名物帳』とこれをもとに派生した一連の書籍群は、今の刀剣の評価に大きな影響を与えています。今、刀剣は、歴史を物語る美術品としての価値のみが意味を持つようになり、刀剣の愛好と研究が新たな形で始まったところなのです」

碧一は鼻を鳴らした。

「使われもせず、きれいだきれいだと言われるためだけの刀か。刀にとっちゃ、生き甲斐も何もねえ時代だな」

泉助はぐっと顎を引いた。

「先日もそのような言い方をなさっていましたが。刀はただの武器だと、それは本当にそうなのでしょうか？　人を斬るためではなく、人を守るためにあることを望まれた刀は、古い時代にも存在しましたよ」

「日蓮上人の護刀、数珠丸のようにか？」

「そうです。記録に見える限りでは、数珠丸は何も斬っていません。身延山に納められ、仏像と共に人々の信仰を集めていました」

「しかし、いつの間にかどこかに消えちまってたんだろう」

「ええ。かれこれ二百年ほど、行方がわからなくなっていました。それがなぜ今になって出てきて、しかも、人斬りの妖刀だなんて呼ばれてしまったのか」

答えなど誰も持ち合わせていない。いわく言いがたい沈黙が落ちる。

碧一は藤色の首巻をいじりながら、ふと疑問を口にした。

「人斬り刀に斬られるかもしれねえってのに、あの爺さんは出掛けることを選んだ。何が目的だったんだろうな。胡散くせえ」

光雄はこともなげに言った。

「ああ、そのことか。理由、わかるぜ」

碧一は思わず声を上げ、泉助は身を乗り出した。五郎翁は黙って光雄を見つめ、話を促した。

頭の中で文を練るように、光雄はとんとんとこめかみをつついた。それから告げた。

「夜光会なんぞと洒落てみたり、交霊会なんぞと噂が流れていたりするが、ありゃあ金策の会だよ。金持ち連中の中でも、金に困ってるやつと金が余ってるやつが取引をしている」

「なぜそんなことを御存じなのですか？」

「そりゃ、泉助くん、嗅ぎ回ってきたからさ。俺はいっぺん、厠《かわや》に立っただろう？　そのときに、ちょちょいとね」

「ずいぶん使用人の多い屋敷でしたよね。探るのは無理そうだとおっしゃったのは光雄さんだったではありませんか」

むっとした様子の泉助に、光雄は肩をすくめてみせた。

「素人の泉助くんや、図体のでかいヘキが一緒にいたんじゃ、さすがの俺でも無理だった。そういう意味さ。俺ひとりならいくらでも、どうにかできちまうんだ」

それはそれは豪勢な屋敷だった、と光雄は言った。

当然ながら、屋敷は電気を引いていた。赤い絨毯《じゅうたん》を敷いた洋風の廊下の隅々までも、電灯の明かりが照らしていた。部屋数もかなり多いようだったが、呆《あき》れたことに、当主が持つ別邸の中で最も小さいのがこの本郷屋敷だという。

当主は某電気会社の社長だ。本人は姿を見せず、代理人だという若い甥《おい》がその場を取り仕切っていた。

光雄の目に、それは金策の会だと映った。会は盛況だった。吹き抜けの大広間に、そうそうたる金持ち連中が顔を並べていた。

「売り手は家宝を持ち寄って、買い手が値を付ける。凄《すさ》まじい金額が飛び交う競りだったよ。上で寝てる庄右衛門さんは、もちろん売り手だ。命の危険を冒してまでも、どうしても今、金がほしいんだろうね」

碧一は鼻を鳴らした。

「そういうことか。納得した」

「交霊会の噂を否定しなかったのは、まあ、なけなしの矜持《きょうじ》ってやつかねえ。金策の会より交霊会のほうがましだろう。ちなみに、ヘキ、おまえが庄右衛門さんの家からあの屋敷まで運んだ革張りの鞄の中に何が入ってたと思う？」

「やたらでかくて重い鞄だったが。何なんだ？」

「茶碗《ちゃわん》、掛け軸、刀。その中で、刀がいちばん高く売れた」

碧一は鼻に皺を寄せた。

「刀だと？」

「ああ。刀は単なる武器、切れ味がよけりゃ何でもいいなんていうのは、どうやら本当に時代遅れらしいぜ。俺らも考えを改めたほうがいい。刀ってのは、超一級の美術品だ。当然、大金が絡んでくる」

「それを光雄は目撃してきたってわけか」

「ああ。庄右衛門さんの刀はたいそう由緒あるやつだって話だった。出品した途端、どよめきが起こってたね。刀の名は、確か、スケサダって聞こえたが」

泉助と五郎翁はうなずき合った。

「祐定。長船《おさふね》ですね」

「いつの頃の祐定なのか」

「高値が付いたのなら、末備前の永正祐定かもしれません」

光雄は、天井越しに庄右衛門を透かし見るかのように、仰向《あおむ》いた。

「庄右衛門さんら、金に困ってる連中はね、日清戦争、日露戦争と、戦争中はうまいこと特需にあり付いてたらしいんだ。事業もでかくして、美術品も買い集めて、いっぱしの大富豪の仲間入りを気取っていた。ところが、この不景気だ」

碧一は言った。

「日本軍はロシアに勝ったが、賠償金が取れなかった。おかげで日本は欧米からの借金が返せねえ。鉄道敷設の競争が激しくなる一方で、肝心の金が回ってねえ。世の中じゅうが不穏だ」

「金策の会の連中、もう一発、戦争でも起こってくれりゃあ儲かるのにって言ってたぜ。庄右衛門さんの次の頼みの綱は孫娘の縁談だってさ。まあ、そういう話をする会だった。見てて気分のいいもんじゃあなかったね」

泉助は、数え上げるように指を折った。

「一つ、わからないことがあります。金策の会には何名の参加者がいらしたのでしょう?」

光雄は頭を掻いて答えた。

「俺が見た範囲だと、売り手と買い手を合わせて十二人だった」

「ええ。主人の帰宅まで待機していた使用人も、それなりの数がいらっしゃいました。

私たちと機を同じくして帰路に就いた人々もいましたね」

「門を出るまで、人力車と馬車でちょいと混雑したよな。まあ、金持ちの集まりには付き物の光景だろうよ」

「それではなぜ、庄右衛門さんは、その中でも自分こそが狙われると知っていたのでしょう？」

光雄は碧一に視線を投げた。碧一はかぶりを振った。特に何かに気付きはしなかった。襲撃があるものと、はなから考えていたせいだ。

「なぜなんだろうねえ。泉助くん、よく気付いた。さすがだな」

光雄は軽やかに笑ってのけた。目の奥にともる光が鋭い。その謎こそ解かねばならないと、直感的に悟ったのだろう。

碧一は腰のあたりに手をやった。そこに貧乏徳利がないことを思い出し、ため息をつく。

「割られちまったんだった」

光雄は呆れ顔をした。

「あんなもんで応戦できると考えていたおまえが甘い」

「いつもはできてる」

「慢心するな。そのへんのチンピラを畳んでのしてっていう仕事とはわけが違う。何人、斬り殺されてると思ってんだ？　並大抵の相手じゃねえのは、初めからわかっていただろう」

碧一は舌打ちをした。光雄の言うことが正しい。反論できないだけに、なおさら腹が立つ。

「はいはい、わかったよ。次は酒を抜いてかかってやらあ」

「ヘキ、その言い方は何だ」

「いちいち口うるせえんだよ」

「何だと？」

光雄の顔から一切の笑みが消えた。本心では笑っていなくても、場を取り成すような笑みをいつだってこしらえているのが、光雄という男だ。

仮面のような表情を拭い去った光雄は、どんな表情も浮かべずに、まっすぐ碧一を指差した。

「おまえ、怯《ひる》んだよな？　こうやって切っ先を向けられたとき」

光雄の言葉は途中だった。

碧一はたまらず、光雄の手をはたいた。ばしっ。派手な音がした。打たれた光雄は表情を変えない。

むしろ碧一のほうこそ、顔を強張らせている。

「俺を指差すな」

喉を絞め上げられているかのように、声はかすれた。

碧一は立ち上がった。この場にいたくなかった。玄関のほうへ向かう。背中に泉助の声がぶつかった。

「どこへ行くんです？」

「……庭だ」

「話はまだ途中でしょう？」

「知ったことか。そういうのは光雄が全部やるって決まってるんだよ」

吐き捨てた碧一は、手早く軍靴を履くと、勝手に鍵を開けて外へ出た。夜気がひやりと碧一を包む。

光雄が取り繕う声が、追いすがってきた。

「すみませんね。あいつ、腕だけは立つんですが」

五郎翁が穏やかに応じるのが聞こえた。

「かまわん。儂も昔は彼よりひどかった」

碧一は後ろ手に戸を閉めた。歯を食い縛って目を閉じる。

太刀の切っ先の残像が、まだ、まぶたの裏にある。怯んだよな、と光雄の容赦のない声が脳裏に反響した。

光雄に話したことはない。いつの間にか勘付かれていた。だから気楽だと思うこともあれば、弱みを突かれて愕然《がくぜん》とすることもある。

「おまえがいちばん不気味で怖い。俺をうまいこと操作しやがって」

碧一は庭に出た。薄ぼんやりとした暗がりの中で、闇が最も深いところを探すと、大きな木の根元だった。碧一はうずくまり、膝を抱えた。


いつしか雲が晴れていた。右端が少し欠けた月が空にぽっかりと浮かんでいる。そろそろ潮時か、と光雄は思った。

「俺はもう、腹なんか立ててねえからな」

自分で自分に言い聞かせる。声に出せば、本当にそんな気がしてくるから不思議だ。いちいち苛立っていては、碧一の相棒は務まらない。

光雄は庭に出た。

碧一は、庭の隅の古木に背を預けて座っていた。目を伏せ、うなだれている。五郎翁の妻女がカンテラを出してくれたらしい。橙色《だいだいいろ》の光が碧一をほのかに照らしている。

光雄は碧一の正面に立った。

「ヘキ、起きてんだろ？」

そっと笑うと、息が白く漂った。春とはいえ、夜半は冷える。

碧一はうなだれたまま、低く呻くように言った。

「……悪かったよ、俺が」

「知ってる」

「あ？」

「おまえ、ぐれたつもりでいるんだろうが、根がまともなんだよ。屑《くず》になろうとしても吹っ切れなくて、うまくいかねえからいらいらして、俺に八つ当たりするんだ」

碧一はほんの少し視線を上げた。ぼさぼさした髪の間から、灯火を宿す目がきらりと光った。

「それで、あの後、話はどうなった？」

光雄は、後ろ手に持っていた刀を碧一に差し出した。

「藤田先生が、この刀をヘキに貸してくれるってさ。さっきおまえが抜いた刀だよ。あの人斬り刀とやり合うには武器が必要だ。そうだろう？」

碧一は刀を受け取らず、立てた膝を抱えてそっぽを向いた。

「刀は嫌いだ」

光雄は腰を下ろした。ざらりとした砂の感触が尻の下にある。

「好き嫌いを言ってる場合じゃねえよ。貧乏徳利を振り回すだけじゃ、あの太刀は防げない。体術の間合いにも入れなかった」

「わかってんだよ」

光雄はそっと笑ってみせた。

「つくづく思うが、おまえ、変なやつだな。刀が使えるくせに刀を嫌っている。酒に酔えないくせに酒を飲む。女好きのしそうな顔をしているくせに女を面倒くさがる」

「うるせえ」

「おまえが梁山泊屋敷に転がり込んで俺と組むようになって、五年は経つ。でも、俺には相変わらず、ヘキのことがよくわからねえ」

「嘘つくな」

「ついてねえよ。おまえのことはわからねえ。俺が何もかも見透かしてるように思ってたか？　残念ながら、そんなんじゃない。俺をそう買いかぶるな」

光雄は碧一に手のひらを向けた。まっすぐ腕を伸ばす。指先を向けなければ、碧一は光雄の手を拒まない。

藤色の首巻に触れると、碧一は光雄を睨んだ。

「何だよ」

「歪んでいる。首の傷、さっきからずっと、ちらちら見えてたぞ。その傷を見られるの、嫌なんだろう？」

　碧一はのけぞって光雄の手を躱すと、首巻の緩みを直した。

「さっさと言えよ」

「悪い悪い」

　碧一は舌打ちをした。

　静かだった。デモや喧嘩、打ち壊しが起こらなければ、夜は静かなものなのだ。夜風が電線を鳴らした。それがやむと、沈黙がじんと耳に染みる。

　互いの鼓動の音さえ聞こえそうだ、と光雄が思ったとき、碧一がささやいた。

「昔、ざっくりやられたんだ。喉を一撃。戦って付いた傷じゃなくて、何が起こったか理解できなかったくらい、思いがけない相手にやられた。刀は怖いよ。腕力のない女でも、刃物ひとつありゃ人を刺せる。男を殺せる」

　光雄は息を吸って吐いた。その間に、碧一の言葉を腹の中に落とし込んだ。そうか、と言った声は十分に軽く明るかった。

「よく生きてたな」

「死んだほうがましだったかもな」

「馬鹿言うな」

「俺はあのとき、何もかもを失ったんだ。表の世界で、誰にも恥ずかしくない生き方ができるはずだった。養い親にもそれを期待されていた。それが全部なくなった。俺が初めて人を殺したのも、あのときだ」

「その傷を付けた相手を?」

碧一はうなずいた。

「殺した……と思う。少なくとも、撃ったのは確かだ。銃弾が一つ減っていた」

壮絶だ。

胸襟を開いた相手に襲われ、命からがら返り討ちにした。かすれ声で語る碧一からは、怒りも憎しみも感じられない。悲しんでいるのとも違う。

なぜ、なぜ、と碧一は繰り返し問い続けている。そんなふうに、光雄には見えた。

光雄は努めて軽く言った。

「おまえもいろいろあったんだな。居場所を求めて梁山泊屋敷に流れ着いたってわけだ。いずれにせよ、俺はおまえが相棒で助かってるぜ。まあ、たまには酒を抜いてくれねえと、隠密行動には連れていけねえが。酒の匂いがきつすぎて話にならねえ」

「隠密の術なんか、もともと知らねえよ」

「そうたやすく知られちゃ困るな。やっぱ、ヘキは戦闘要員でいいや。戦うにしたって、酒を食らってばっかりじゃあ困るけどな」

碧一は藤色の首巻を両手で握っている。やがて、観念したようにつぶやいた。

「負けっぱなしは気分が悪い。あの辻斬り野郎がまた出やがったら、俺も刀を抜く。そんときゃ酒を飲まねえよ。おまえはそうしてほしいんだろう？」

「そうだな。あの化け物の相手ができるのは、俺じゃない。ヘキ、おまえだけだ」

碧一はかぶりを振った。

「あれは化け物なんかじゃねえ。化け物みてえな剣の使い手だとしても、あの襤褸の中身は人間だ。刀は、ただの刀だ。この世には神なんぞいない。仏の加護も罰も、呪いも祟りも、ましてやひとりでに動く妖刀なんか、あってたまるもんか」

光雄は刀の鞘を握ってみた。すべすべとした感触。珍しいことに鉄鞘だ。冷えている。中に納めた鋼は、ずしりと重い。

「ヘキは大したもんだよ。俺はやっぱり、怖いもんは怖い。今回の案件だって、祟られるんじゃねえかと思っちまう。どうしてもな」

碧一が奥歯を噛み締める音が聞こえた。

「俺だって昔は信じてたさ。一生懸命、神さまに祈ってた。結局、何の意味もなかった。神さまなんてのは、もしいるんだとしても、黙って見てるだけなら、いないのと同じだ。見えねえもんは、いねえんだよ」

碧一は腰に手をやり、舌打ちをした。光雄は少し笑った。

「また酒かよ」

「くそ、飲みてえときに」

「飲むな。今夜はさっさと寝ろ。藤田先生の奥さんが寝床を用意してくれた」

「眠れねえ」

「剣術の練習でもしてみるか？」

光雄のほうに刀を押し返すと碧一は立ち上がった。玄関へと歩いていく。

「おい、ヘキ」

「寝る」

光雄は噴き出した。

「相変わらずだな」

そして、カンテラと刀を手に、碧一の後を追う。

カンテラの灯《ひ》がなくなった庭の暗がりに、月明かりがひんやりと降り注いでいる。

三. 虎穴

きらびやかな拵《こしらえ》の太刀《たち》の傍《かたわ》らに、白鞘《しらさや》の短刀はそっと置かれた。

鉄蔵は太刀を見つめた。ウィルソンの背中越しに鑑賞した抜身の姿を思い返す。いかにも備中青江派らしい太刀だった。地鉄《じがね》も刃文も、姿かたちの優美さも、一度は滅んで幻と呼ばれた青江の太刀そのものだった。

女のため息が聞こえた。

「用事は済んだのかい？」

ぞんざいな物言いである。客の前で見せる姿とはがらりと違う。芸者上がりで裕福な豆十三に、職人風情にくれてやる愛想はないのだ。

鉄蔵は振り向いた。

多摩峰トワ子のために贈られた宝物がところ狭しと並ぶ小部屋だ。豆十三は納戸と呼んだが、それにしては、ここはきらびやかに過ぎる。

鉄蔵は納戸の最奥に立ち、豆十三は入口付近で明かりを掲げている。その背後、納戸の外に、大男の赤錆が控えている。

赤錆はちらりと鉄蔵にうなずいた。鉄蔵は豆十三に愛想笑いをしてみせた。

「ありがとうございます。ええ、もう十分です。こちらの短刀をトワ子さまの手元に置いていただければ、ウィルソン先生もあの世で御安心なさるでしょう」

「刀馬鹿の先生だったねえ。その短刀、値打ちものなのかい？」

「それなりには。数珠丸《じゆずまる》と同じ青江派の短刀です。切られた銘が本物なら、およそ四百年前のものでしょう。足利将軍家が名刀の蒐集《しゆうしゆう》をおこなっていた頃のものです」

「そんな上等な短刀をトワ子さまに贈るために、ウィルソン先生はあんたに研ぎを任せてたって？」

「さようです」

豆十三は鼻で笑った。

「あちらの国じゃあ男が女をもてなすものだって聞いたけど、あの先生は唐変木だったよね。女が本当に喜ぶ贈り物は、刀なんかじゃあないんだ。トワ子さまは刀のことにもお詳しいけどさ」

「そうかもしれません」

「まあいいわ。確かに受け取ったと、あの先生の家族にでも伝えておいて」

「承知しました」

「それから、あんた、夕方にもまたここへ来な」

「本日の夕方でしょうか？」

「そうだよ。トワ子さまがあんたに、刃物の研ぎの相談をしたいとおっしゃっていたからね」

鉄蔵は息を呑《の》んだ。

「数珠丸の研ぎでしょうか？」

豆十三は鼻に皺《しわ》を寄せた。

「知らないよ。この納戸には、数珠丸のほかにも刀が納められている。西洋の刃物だってあるんだよ。見りゃわかるだろう」

「さようですね。拵も見事なものばかりで」

「拵ってのが、色の付いた鞘やきらきらした鍔《つば》のことかい？　あんたが持ってきた短刀は、ずいぶんとつまらない鞘に納まってるけど」

鞘は、よく乾かした木材を削って作られる。豆十三の言う、色の付いた鞘というのは、漆を塗ったり螺鈿《らでん》を埋めたりしたものだ。

一方、鉄蔵が持ち込んだ青江の短刀は、白木のままで飾り気がない。

「これは白鞘といって、刀を休ませるための鞘です。保管するときは、こうした鞘に入れておくものなのですが、御覧になったことはありませんか」

「ないね。トワ子さまがお持ちになる刀は全部、いつもきれいな鞘に入ってるんだよ。客が多いんだから、いちいち休んじゃいられないの。あたしと同じよ。トワ子さまの代理だもの、気を抜いた格好なんかできやしない。あんたたちみたいなのが相手でもね」

「御苦労さまでございます」

豆十三に追い立てられ、鉄蔵は納戸を出た。豆十三は荒っぽい手付きで納戸を閉め、南京錠をばちんと嚙《か》ませた。

「ああ、ほんと御苦労だよ。何だってあたしが田舎者《いなかもの》の職人の相手をしなけりゃならないんだか。あたしゃね、田舎者が東京の言葉を真似《まね》てるのを聞くのが大嫌いなのさ。格好つけてるつもりかい?」

「手前の訛《なま》りがお気に障りますか」

「障るね。もともと嫌いだったけど、去年のいつだったかしら、あんたみたいな田舎者の職人がここに押し掛けてきたことがあったんだ。あんたよりも訛りがきつい、本当に苛立《いらだ》つやつだったたね。トワ子さまを出せの一点張りでさ、梃子《てこ》でも動かなくて」

鉄蔵の体に震えが走った。豆十三は、きつい横目で鉄蔵を睨《にら》んでいる。

「職人風情が、刀まで持っていたんだよ。そんな危ないやつ、トワ子さまの前にお通しできるはずもないじゃないか。わけのわからない言い掛かりをわめき立てるから、腕っぷしの強いのを呼んできて、お灸《きゅう》を据えてもらったんだ。あの騒ぎは本当、鬱陶《うっとう》しかったわ」

「その職人は、なぜ……」

「知ったこっちゃないわよ。頭のおかしいやつがトワ子さまを訪ねてくるのはしょっちゅうなんだ。いい迷惑さ。あたしも度胸がいいほうだけど、あの職人の不気味な顔にはぞっとしたね。祟《たた》られそうだった。あんたを見てると、あの職人を思い出して嫌な気分になるのよ」

豆十三は吐き捨てて、背を向けた。廊下を遠ざかる足音が高い。下働きの娘がそっと出てきて、申し訳ない、と言わんばかりに頭を下げた。

鉄蔵は、血の気《け》の引いた顔を微笑《ほほえ》ませた。

「お暇《いとま》します。夕方にまた、こちらに参りますが」

足を踏み出すと、ふらりとよろけた。赤錆が鉄蔵を支えた。下働きの娘も、庭からひょいと顔をのぞかせた下男も、口々に鉄蔵を気遣った。気の強い豆十三に、彼らも辟易《へきえき》しているようだった。

鉄蔵と赤錆は勝手口から館を辞した。

朝である。夜っぴてにぎわう向島も、この時刻には今ひとつぼんやりしている。館は路地の奥とあって、人通りもない。

「赤錆」

鉄蔵に呼ばれ、赤錆は、握っていた拳《こぶし》を開いた。人並外れて大きな手のひらの上に、南京錠がある。

「納戸の南京錠をすり替えた。手筈《てはず》どおりだ。あとは、人目のないときを狙《ねら》って細工をする」

「ああ、ありがとう。あんたはほんまに頼りになる」

「今日の夕方か」

「ああ……」

赤錆は屈《かが》み込み、鉄蔵の顔色をうかがった。

「大丈夫か?」

「……赤錆、さっきの職人の話、どう思う?」

「気になるか」

鉄蔵はうなだれた。

「儂《わし》は、知りたい」

「わかった。下働きの者たちに話を聞いてこよう。儂が行ってくる。鉄蔵さんはここで待っていてくれ」

赤錆は告げると、巨体に似つかわしくもない素早さで館に戻っていった。

朝日のまぶしさを避け、鉄蔵は板塀に背を預けてしゃがみ込んだ。

こんもりとした木立が見える。確か、あそこには小さな神社があった。黒々とした木の梢《こずえ》から、甲高《かんだか》い声で鳴く鳥が飛び立った。鉄蔵の郷里にもあの鳥はいた。

「何ちゅう鳥じゃったか」

郷里の言葉が口を突いた。つぶやいてみても、鳥の名は思い出せない。

遠い昔、まだ少年であった兄が鳥や草木の名をあれこれと教えてくれた。肝心の鳥の名はわからぬまま、兄の笑顔が鉄蔵の脳裏に浮かんで、消えた。


染井吉野という桜は、よく訓練された軍隊のようだ。一斉につぼみを付け、一斉に花開き、一斉に散っていく。

小石川の坂の上にある女学校は、正門から学舎までまっすぐな道が延びている。その道の両脇に染井吉野が等間隔で植えられているのが、まるで儀仗《ぎじょう》兵《へい》が居並ぶようだと、千鶴子は思う。

満開を過ぎた花は、あるかなきかの風に触れ、はらはらと薄紅色を散らす。

古風な結い髪にちらほらと花弁を載せた級友の後ろ姿を、千鶴子は足早に追い掛けた。ゆったりと歩く級友に、たちまち追い付く。

「由子さん、おはようございます」

声を掛けると、由子はびくりとして振り向いた。

「あ、千鶴子さん……」

「驚かせてしまいましたかしら?」

「いえ、あの、考え事をしていたので……」

千鶴子は眉《まゆ》をひそめた。

「由子さん、顔色が悪いのではありません? お加減がよろしくないのですか?」

ぱたぱたと駆けてくる足音がする。走るだなんていう、おてんばな振る舞いをするのは、ただ一人だ。振り返れば、案の定、スミが息を切らしている。

「おはよう、千鶴子さんに由子さん。ここで三人が出くわすのは珍しいわね。思わず走っちゃった」

千鶴子は、くすくすと笑った。

「おはようございます。相変わらず、お元気ですわね」

「もっちろん! わたしから元気を取ったら何も残らないわ。由子さんにも分けてあげられたらいいのだけれど。ねえ、どうしたの?」

スミは由子の顔をのぞき込んだ。由子はうつむいた。髪から、はらりと桜の花弁が落ちる。

「……ここではお話しできませぬ。人目がありますゆえ」

「では、屋上へまいりましょう。朝の始業前に屋上に出る生徒はめったにいませんわ」

屋上とはいえ、吹きさらしではない。ガラス張りの温室がしつらえられ、奄美《あまみ》や琉球から取り寄せたという花が冬でも色とりどりに咲き乱れている。

教室に鞄《かばん》を置きもせず、千鶴子たちは屋上へ向かった。

温室の扉の鍵は開いていた。見れば、既に水を散布した形跡がある。学校専属の庭師はずいぶんと朝が早いらしい。

朝日を浴びて暖まった温室は、いっそ蒸し暑いほどだ。濃密な花の匂《にお》いはたっぷりと甘く、息が詰まりそうにもなる。

長椅子に腰を落ち着けると、由子はようやく重い口を開いた。

「昨日の夕方に出掛けていった祖父が、ついぞ帰ってこなかったのです」

「お祖父《じい》さま？　銀行を興された、あのお祖父さまですわね？」

「千鶴子さんは祖父と会ったことがありましたね」

「ええ。由子さんのお宅にお邪魔したとき、フランス土産《みやげ》のチョコレートを自ら運んできてくださいました」

由子は重いため息をついた。

「近頃、何だか祖父の様子がおかしいようには思っておりました。昨日、会合に出掛けていったときには、まるで幽霊のように生気のない様子でした。しかも、もしかしたら帰ってこられぬかもしれぬと、祖父はわたくしに告げていったのです」

スミは腕組みをした。

「それはただごとじゃあないわね。由子さんのお祖父さん、どうなさったのかしら。由子さんには心当たりはないの？」

由子は膝の上でぎゅっと拳《こぶし》を握った。

「事業が危ういのだと思います」

か細い声がぽつりと吐露した。千鶴子もスミも息を呑んだ。由子は途切れがちに語った。

いつの間にか使用人が減っていたこと。祖父が蒐集品《しゅうしゅうひん》を手放しているらしいこと。父や叔父が激しい口調で、祖父に詰め寄るのを目撃したこと。

「そして先日、両親と祖父がわたくしの嫁ぎ先を話し合っているのを聞いてしまいました。できるだけ裕福な家との縁組をと、はっきり祖父が言っておりました」

スミは眉間にきつく皺を寄せている。

「家を助けるため、親を喜ばせるために嫁ぐ。それは娘として当然の務めだわ。でも、娘の結婚は金儲《かねもう》けの手段だ、みたいに言われちゃうのはおもしろくないわよね」

千鶴子は暗澹《あんたん》たる気分でうなずいた。

「好いた相手と結ばれるなんていう幸運は、わたくしも期待しておりません。しかし、せめて、結婚した後に互いに好き合えるような相手であることを望みますわ。それは親も同じように思っているはずですけれども」

由子は、ふっくらとしたそばかすの頬《ほお》を弱々しく微笑ませた。

「祈るしかありませぬ。祖父が無事に戻ってきますように。早く嫁がねばならぬのなら、年が近くてお話ししやすい殿方との御縁がありますように。ですが、叶《かな》うなら、もうしばらく女学生でいられますように」

あっ、とスミが声を上げた。襟元に指を突っ込むと、着物の内側に提げた小さな巾《きん》着袋《ちゃくぶくろ》を取り出す。

巾着袋の中身は、ガラスの御守だった。蜘蛛《くも》の模様が入った、多摩峰トワ子の印である。スミは由子の手に御守を握らせた。

「由子さんに貸してあげるわ。わたしよりもずっと、由子さんにとって必要なものだと思うから」

「スミさん。ですが、わたくし……」

「貸してあげるだけ。必要がなくなったら返してよ？　信じてちょうだい。きっと御利益があるんだから」

「……よろしいのでしょうか?」

千鶴子は由子の手を取った。

「わたくしも由子さんのお力になりたいと思っておりますわ。身の危険があるときには、迷わず御相談なさって」

「そうよ、由子さん。もし由子さんが本当につらい目に遭いそうになったら、すぐにわたしと千鶴子さんに相談して。三人で多摩峰トワ子さまのところへ行って、助けを求めましょう。トワ子さまは乙女の味方なんだから」

千鶴子はちょっと驚いた。

「スミさん、多摩峰トワ子さんとお会いする方法を御存じですの? トワ子さんのことは噂話《うわさばなし》ばかりで、本当にお目に掛かったという人はめったにいらっしゃらないようですけれど」

「うん、わたしもお会いしたことはないわ。うちのお店に来てくださるけれど。でも、実はね、姉からこっそり、トワ子さまのお屋敷に招いていただく方法を教えてもらっちゃったの」

「まあ。本当に?」

由子が申し訳なげに上目遣いをした。

「あの、千鶴子さん、スミさん。黙っていてごめんなさい。わたくしの祖父も、トワ子さまとつながりを持っているのです。時折、招待状をいただいて、トワ子さまの会合に参加しているようです。おそらく昨日も……」

スミはびっくり仰天の大声を上げ、慌てて口を押さえた。温室の中は、ふわんと、声がこもって反響する。

千鶴子は、形のよい顎《あご》をつまんだ。

「ねえ、スミさん。ちょっとよろしい？」

「何かしら」

「多摩峰トワ子さんにお会いする方法、教えてくださいません？　いつか三人で行くことになるかもしれないでしょう。あらかじめ情報を得て、作戦を立てておきたいの」

そうねえ、とスミは由子の顔色をうかがった。打ち明け話をする前よりは、いくぶん表情が明るい。スミは満足そうなえくぼを作り、言った。

「トワ子さまとお会いするには、向島に行くのよ。向島の外れに小さな祠《ほこら》があって、そこでトワ子さまをお呼びするの。不思議な話なのだけれど、祠に置かれたお人形を抱き上げたら、トワ子さまがお気付きになるんだって」

「向島ですわね。祠にあるお人形が鍵？　スミさん御自身は、そちらへ行かれたことはないのですよね？」

「姉が行ってきて、教えてくれたの。祠は、藤の木が目印なんですって。神社があるのよ。その参道に立つ藤の木の根元に祠があるって言っていたわ」

スミはすらすらと、祠の見付け方を語った。

千鶴子は頭に地図を描いた。向島は本所から遠くない。連れていってもらったことが何度かある。向島の外れにあるという神社の場所は、おおよそわかった。

一度、行ってみなくてはならない。千鶴子は胸中で決意した。戦う術《すべ》を持たない親友たちを見も知らぬ場所へ連れていくなら、まずは千鶴子が行って安全を確かめなくては。

多摩峰トワ子には裕福なパトロンが大勢ついている。彼女の周囲には大金がうごめいているのだ。きっとそれは危険なことだと、千鶴子の直感が告げている。

と、そのときだ。

始業を告げる鐘の音が鳴り響いた。

千鶴子と由子とスミは顔を見合わせ、きゃあっと声を上げた。

「一限は裁縫でしたわよね？　あの赤木先生ですわ！」

「わたくしのために、千鶴子さんもスミさんも……ご、ごめんなさい！」

「謝る暇があったら走る！　由子さん、転ばないでね！」

千鶴子は自分と由子、二人ぶんの鞄を抱えた。スミは由子の手を取り、せーので駆け出した。

温室の花の甘ったるい匂いをまとい、きゃあきゃあと騒いで慌てながら、少女たちは教室へ向かって走った。


永田町には陸軍中枢が置かれている。通りを歩けば、どことなくものものしい。華族の御令嬢が通う学習院女学部もこの界隈《かいわい》にあるが、既に昼が近い時刻だ。学校を目指す女学生の姿は見えない。

光雄が永田町に足を踏み入れたのは、庄右衛門を自宅へ送ってやるためだった。碧一は、あの場所は嫌いだと言って、付いてこなかった。逆に泉助は、休んでいるようにと光雄が勧めたのも断って、青白い顔をしてふらふらと同行している。

今、庄右衛門の乗る人力車を曳《ひ》いているのは、五郎翁が声を掛けた近所の若者だ。山本忠《やまもとちゆうじ》次郎《ろう》と名乗った彼は、剣術で身を立てているという。万一襲撃を受けても、少なくとも己の身は守れるはずだと、五郎翁は保証した。

光雄は庄右衛門の荷物を持って、人力車の傍らを歩いている。

「そろそろですかね？」

光雄が確認すると、庄右衛門は安堵《あんど》の声を漏らした。

「屋敷が見えてきた」

光雄は素早く周囲をうかがった。一行に注意を払う者はいない。道行く人々はそれぞれ、足早に通り過ぎていく。陸軍の歩哨《ほしょう》も春の陽気に誘われたか、どこか気の抜けた顔をしている。

内緒話をするのなら、今しかない。光雄は庄右衛門のほうへにじり寄った。

「ねえ、庄右衛門さん。一つ、どうしても訊《き》いとかなけりゃならないことがあるんですが」

「何かね」

「正直にお答え願いたい。庄右衛門さんの命にも関わることなんでね。今を逃したら、もう話せるときがなくなるかもしれない。だから今、必ずお答えいただきたい」

「わかった。訊きたいこととは?」

「昨日の会の参加者はそれなりの人数がいたようだが、妖刀に狙われたのは、ほかならぬ庄右衛門さんだった。庄右衛門さんもそれをわかっているみたいな怯《おび》え方をしていましたよね。何か理由があったんですかい?」

庄右衛門は肘掛《ひじか》けをつかみ、光雄のほうへ身を乗り出した。重心が傾き、人力車がぐらりと揺れる。光雄は咄嗟《とっさ》に人力車を支え、すまんな、と忠次郎に笑ってみせた。

冴《さ》えない顔色をした庄右衛門は、かすれた声で告げた。

「妖刀が数珠丸の呪いだからだ」

「数珠丸に因縁でも？」

「おまえさん、数珠丸という刀のことをどれだけ知っている？」

「天下五剣の一つで、日蓮上人の護刀《まもりがたな》。七百年ほど前に打たれて身延山に納められていたはずが、旧幕時代のいつ頃からか行方知れずになっている。そのくらいのもんですが」

庄右衛門は、ぶるっと体を震わせた。

「数珠丸は既に発見されとる」

泉助が、はっとして飛んできた。

「やはりその噂は本当なのですね。今、数珠丸はどこにあるのですか？」

興奮した声が、さすがにちょっと高すぎる。光雄は、静かに、と手振りで示した。

泉助は慌てて口を押さえた。

庄右衛門は咳《せき》払いをし、ぼそぼそと告げた。

「数珠丸はトワ子さまのところにある。三年ほど前、トワ子さまがそのお力によって、とある荒れ寺から数珠丸を見出《みいだ》されたのだ。ぼろぼろに朽ちかけていたが、トワ子さまが祈り、青江の技を受け継いだ職人が腕を振るって、数珠丸をよみがえらせた」

光雄は庄右衛門に尋ねた。

「それがなぜ呪いにつながって、庄右衛門さんの命の危険につながるんです？」

「呪われた理由など知らん。僕のほうこそ訊きたい」

「じゃあ、呪いの標的にされた人たちにつながりは？」

「ある。職人に仕事をさせるには金がいる。ぼろぼろだった数珠丸を復活させるため、僕らは率先して金を出し、トワ子さまをお支えした。それがなぜ……その志高い仲間が、なぜか次々と狙われ、斬り殺されておるのだ」

光雄は帽子の角度を直した。危うく失笑するところだった。志高いなどと、よくもまあ自分で言えたものだ。

何はともあれ、庄右衛門の証言は極めて重要だった。光雄は念を押した。

「今まで妖刀に斬り殺されたのは、数珠丸の修繕という名目で多摩峰トワ子さんに資金を提供した人間である、と。間違いありませんね？」

庄右衛門はがくがくと何度もうなずいた。

「昨日、僕が襲撃を受けた。それで確信に変わった。僕はまた狙われる。そうでなかったら、次に狙われるのはトワ子さま御自身だ」

当たりくじを引き当てた、と光雄は直感した。これで前進できる。光雄は庄右衛門ににっこり笑ってみせた。

「御安心くださいよ。庄右衛門さんはお屋敷に引きこもっていてください。さほど長い間じゃあないでしょう」

「何をするつもりだ？」

「多摩峰トワ子さん本人に話をうかがってみようかな、とね。庄右衛門さんと同じように怯えてらっしゃるかもしれないでしょう？　俺らが守って差し上げればいいんじゃないかなと思いまして」

泉助がそろりと口を開き、光雄の耳元にささやいた。

「数珠丸は多摩峰トワ子のもとにあるのですよね？　その数珠丸が妖刀なのでしょうか？　それとも、数珠丸ではない妖刀があるのでしょうか？」

「さあて？　多摩峰トワ子の数珠丸が、数珠丸絡みの人間を斬ってるんだとしたら、なぜ真っ先にトワ子が斬られていないんだろうな」

「光雄さんは、多摩峰トワ子が怪しいとお思いですか？　それとも、彼女は次の標的だと？」

どうだろうね、と光雄は肩をすくめた。

「ねえ、庄右衛門さん。多摩峰トワ子さんに会うには、どうしたらいいんでしょう？」

庄右衛門の返事は頼りないものだった。

「わからん。この僕でさえ、招待状を受け取ったときでなければ会えんのだ」

「へえ、なかなかお会いできねえんだ。まあ、そのへんはどうにかするしかねえか。

一両日中にでも動き出せりゃいいかな」

人捜しはそれなりに得意だ。無名の何者かを捜そうというのではない。相手は、かの有名な多摩峰トワ子。いくらでも伝手《つて》は見付かるだろう。

庄右衛門はなおも不安げに白い口髭《くちひげ》を震わせていた。

豪邸の門前でおとないを入れると、使用人がわらわらと出てきた。ぐったりした庄右衛門を人力車ごと受け渡し、光雄たちはそそくさと立ち去った。

忠次郎とはその場で別れた。神田錦町の剣術道場に用があると言い、健脚を飛ばして駆けていった。

光雄も健脚には覚えがある。しかし、蒼白《そうはく》な顔をした泉助を連れていては、無茶などできない。

「さて、泉助くん。俺たちは電車で帰るとしようか」

東京じゅう、どこへ行っても路面電車が走っている。明るい間は引っ切りなしだ。電気会社各社は競い合って線路を縦横に延ばし、利益の拡大を狙っている。

光雄はめったに電車に乗らない。利用客があまりに多くて、ちっとも快適ではないからだ。通勤や通学の時間帯は特にひどい。観光で東京を訪れた田舎者も厄介だ。のぼせ上がって気が大きくなっているから、近付けば危うくて仕方がない。

電車が走るのを見ると、ふと、やり切れない気持ちにもなる。あちらでもこちらでも、鉄道敷設の工事がおこなわれている。ごく安い賃金で働く男たちは、の褌《ふんどし》ひとつの泥まみれだ。粉塵《ふんじん》を吸って肺を病む者も多い。

　俺は乗る側じゃあなくて、褌で働くほうにこそ近い。光雄はそう思っている。きれいな服を着て金を払い、椅子に腰掛けているだけで目的地へ運んでもらう。そんな上等な人間と同じ場所にいると、息苦しくなる。

　泉助は、がたごとと走っていく電車を眺めやった。

「ここからだと、光雄さんたちの言う安全な場所まで、ずいぶん歩きますか？」

「梁山泊屋敷までかい。本所だからな、ざっくり言って二里かな。遠いと感じるかい？」

　泉助はかぶりを振った。

「歩きます。会津にいた頃は毎日、もっと歩いていました。電車は揺れるから苦手です。外から見るぶんには、蒸気機関車も電車も、嫌いではないのですが」

「顔色が悪いな。本当に平気かよ？」

　泉助はうんざりした様子で吐き捨てた。

「だからこそです。光雄さんは乗り物に揺られて気分が悪くなったりしませんか？　あれは本当につらいのですよ」

「そいつは、気付かなくて悪かった。じゃあ、ゆっくり歩いて帰ろうか。屋敷に着いたら休んでいてくれ。屋敷にいれば、夜も安心だ。もう二度と、昨日みたいに危険なことはさせねえよ」

泉助は眼鏡のつるに触れ、しかめるように目を細めた。

「私が動くことは、今後はありませんか」

「ああ。できるだけ早く片付けて、大学に戻れるようにする。約束するよ。信用してくれ」

光雄は微笑んでみせた。

乗合馬車が傍らをのんびりと走っていく。土埃《つちぼこり》が春風に舞い上げられた。空は晴れているが、うっすらと白い。東京の空はいつだって埃っぽく霞《かす》んでいるものだ。


赤い矢絣《やがすり》柄の小袖に薄墨色の袴《はかま》を合わせる。長い髪は古めかしい髷《まげ》などにせず、庇髪《ひさしがみ》にまとめてリボンを留め、さらさらと背中に流す。

近頃の千鶴子は、学校から帰ってからも私服の袴を着けている。裾を気にせずに動き回れるのがいい。

何より、清少納言《せいしょうなごん》や紫式部《むらさきしきぶ》の昔から、宮中で働く女は袴姿だった。そのきりりと知的な姿に近付ける気がして、千鶴子は好んで袴を穿《は》く。

弓矢を手に、中庭の射的場に出たときだった。光雄が、見知らぬ若者と一緒にいるのを目撃した。千鶴子は咄嗟に柱の陰に隠れ、長屋のほうへ下がっていく二人を観察した。

若者は、一目見るだけで正体が知れた。

「あの詰襟の制服、東京帝国大学だわ。秀才さんですのね」

しかし、そんな秀才が梁山泊屋敷に何の用なのか。まさか千鶴子の許婚《いいなずけ》候補だろうか。ちらりと頭をよぎったその考えを、千鶴子はすぐに打ち消した。

彼の世話をしているのは光雄で、しかも、今から長屋の空き部屋へ案内しようしているところだ。つまり、彼は光雄の仕事に関わる人物であって、本宅でもてなすべき客人ではない。

千鶴子は好奇心をくすぐられた。射的場に弓矢を置くと、下駄《げた》をつっ掛け、長屋のほうへと赴いた。

昼下がりの長屋では、俠客《きょうかく》たちが思い思いに過ごしている。煮炊きの煙を上げる部屋がある。数人の談笑が漏れ聞こえてくる部屋もある。剣術の稽古に精を出す者もいれば、起きたばかりという顔をした者もいる。

俠客たちは千鶴子の姿を認めると、気楽な様子でひょいと頭を下げる。御令嬢だから奥へお戻りください、と無駄な諫言《かんげん》をなしたりなどしない。千鶴子の邪魔をせぬよう、遠巻きに見守るだけだ。

千鶴子の目には、光雄と学生服の彼しか映っていない。

光雄と碧一の部屋は隣同士だ。光雄は、学生服の彼を連れて、まず碧一の部屋の戸を開けた。が、どうやら留守のようだ。光雄は自分の部屋の場所を示し、棟の端にある空き部屋へと彼を案内した。

愛想のいい光雄の声が軽やかに弾んでいる。

「不安だろうが、ちょっとの辛抱だ。俺はすぐ出掛けるけど、ここには腕の立つやつが揃《そろ》っている。些細《ささい》なことでも、何かあれば頼ってくれ。ああ、そうだ。厠《かわや》と風呂はさっき通ってきただろう。反対側に行くと厨《くりや》があって、いつでも飯にあり付けるぜ」

対する相手は、疲れ果てているらしい。沈んだ声で一言二言、応じるだけだ。千鶴子が耳をそばだてても、その声ははっきりと聞き取れない。

光雄が彼を部屋に送り届け、彼は一礼して部屋の戸を閉めた。光雄は大きく伸びをして、とんとんと跳ねると、足音もさせずに駆け出して外へ向かった。

千鶴子は、隠れていた生垣から立ち上がった。

「さて。彼、何者なのでしょうね。光雄さんと碧一さんのお仕事の依頼人？　それにしてはお若すぎるわね。事情があって身柄を預かっている？　もしかして人質？　いずれにせよ、お客さまには違いないわ。お夕食にお誘いしたら御迷惑かしら」

下駄履きで可能な限り静かに、千鶴子は彼の部屋へ近付いた。

さすがの千鶴子も、いきなり押し掛けるような真似はしない。碧一の部屋の戸なら遠慮なく叩《たた》いてやるのだが、見も知らぬ客人が相手とあっては、そうもいくまい。間に誰を立てるべきかと思案する。

だから、それは不意打ちだった。

千鶴子が見つめるその部屋の戸が、内側から開けられた。

眼鏡を掛け、詰襟の学生服をまとった男が、そこにいた。外には誰もいないと思っていたのだろう。彼はびくりと体を震わせ、目を丸くして立ち尽くした。

千鶴子もまた驚いて、声が出ない。

彼は、きれいな顔立ちをしている。千鶴子と変わらないほど色が白い。目元は涼しげだ。鼻筋がすっとしているのを、眼鏡が引き立てている。形よく薄い唇が荒れているのが、少し残念だ。

千鶴子は、ほ、と息を吐いた。その拍子に声の発し方と微笑み方を思い出した。

「御機嫌よう。初めまして、我が梁山泊屋敷のお客さま」

彼は、弾《はじ》かれたようにお辞儀をした。

「これは、御挨拶が遅れました。東京帝国大学工学科に所属しております、中村泉助と申します。いささか事情がありまして、身を守るため、こちらに匿《かくま》っていただくことになりました。御面倒をおかけします」

きびきびとした名乗りには、かすかに訛りが混じっている。腰の折り方の深さが、どことなく職人めいて見えた。

「面《おもて》をお上げくださいまし。わたくしは水城千鶴子と申します。梁山泊屋敷の一人娘でございます。光雄さんたちから、わたくしについて、何かうかがっているかもしれませんけれども」

泉助は千鶴子に向き直りながら、眼鏡を押し上げた。

「少しだけおうかがいしました。お嬢さまから直々《じきじき》にお声掛けいただくとは思ってもおりませんでしたので、不調法をお許しください」

「かまいませんわ。何かお困りのことがあれば、何でもおっしゃってくださいね。お昼はもう召し上がりました？　おやつはいかが？」

泉助は制帽の鍔を引き下げ、首を左右に振った。

「お気遣いなく。食欲がありませんので」

「まあ、それはいけません。お加減が悪いのですか？」

「そうではなくて……疲れているだけです。慣れないことが続いておりまして」

「何か事件に巻き込まれてしまった、ということかしら？」

千鶴子は泉助に近付いた。からころと下駄が鳴る。すぐそばに立って顔をのぞき込むと、泉助は目をそらし、半歩、後ずさった。眼鏡に隠れがちな目元には、げっそりと隈《くま》ができている。

　泉助はうわごとのように口走った。

「先日、私の知人が亡くなりました。昨夜は、人を殺そうとして襲い掛かってくる刀に怯えました。刀を怖いと、初めて思いました。刀は美しい……ずっと、そう思ってきたのに」

　泉助のかすれた声にため息が混じった。ともすれば嗚咽《おえつ》が始まってしまいそうな危うさも感じられる。

　千鶴子は小首をかしげた。怖い刀の話をつい最近、別の場所でも聞いた。

「ああ、人斬りの妖刀のことですわね。雑誌や新聞で報じられて、学生さんたちの間で有名なのですって？　血染めの刀、人斬りの刀と、血だまりの中に転がっている数珠玉。妖刀の名は、数珠丸」

　泉助の充血した目に光がともった。

「違います。数珠丸はそんな刀じゃない」

「あら」

「数珠丸は、この東京にあるらしいのです。人斬りの噂が立ったのとは別の場所で、いや、隣り合ったような場所ではありますが、ともあれ、別の文脈で語られる数珠丸があるのを聞きました」

「どういうことです？　わたくしにもわかるようにお話ししてくださいません？」

「それは……」

泉助は、ぐっと言葉を呑み込んだ。視線を走らせた先は、同じ並びの長屋である。

千鶴子は察し、先回りして言った。

「光雄さんなら出掛けていきましたよ。あの人に聞かれたくないお話なのですか？」

泉助は肩を落とした。

「面倒見のいい人ですね、光雄さん。ですが、目端が利《き》きすぎるのが恐ろしい。何もかも見透かされそうで、安心できません」

「うふふ、正解。光雄さんは油断ならないかたですわ。何でも調べ上げてしまいますもの」

「そう。人捜しは得意で、どうにでもできると言っていました。謎を解く鍵になるであろう多摩峰トワ子の居場所も、自分が見付け出してみせると」

千鶴子は目をしばたたいた。

「多摩峰トワ子さんの居場所にたどり着いたら、妖刀事件の謎が解けるのですか？」

「必ず解けるとは限りませんが、真相に近付けるものと思われます」

「それはなぜですの？　トワ子さんが事件に巻き込まれるのですか？　それとも、まさか、トワ子さんが事件を起こしていらっしゃいますの？」

泉助はこめかみを押さえ、きつく目を閉じた。男の人なのにまつげが長いこと、と千鶴子は思った。頭痛でもするのか、泉助は苦しげな表情である。

「聞いたところによると、数珠丸は多摩峰トワ子のもとにあるそうです。長きにわたって行方知れずであった数珠丸を、何と、彼女が霊能力によって見出したということなのですが」

「霊能力、ですか」

「そんな力が本当にあるものでしょうか？」

「信じていらっしゃいませんの？」

「半信半疑といったところです。己の目で確かめて、本当にそれが数珠丸だとわかったなら、私は多摩峰トワ子の信者になってしまうかもしれません」

千鶴子は、くすりと笑った。

「ずいぶんお嫌そうにおっしゃいますのね」

泉助は目を開けた。苦虫を噛み潰《つぶ》したような顔である。

「私の恩師は科学の人です。実在を証明できないものは信じません。私もそんなふうに、動じない学問家になりたい。しかし今の私は、迷信と科学の間で揺れています。己が情けなくて、嫌でたまらないのです」

「あら、それはよろしくありませんわ。御自分で御自分を否定してしまうなんて。どうすれば、あなたのお心が晴れるのでしょう?」

　泉助は投げやりに答えた。

「さあ、どうすればよいのでしょうね。とにかく、疲れました。少し休ませていただきますよ」

　長屋の敷居の奥へ、泉助は引っ込んだ。戸が閉じられようとする。

　千鶴子の下駄が、からんと鳴った。手よりも先に足が出たのだ。下駄が敷居の上で戸を通せんぼしている。

「わたくし、あなたを多摩峰トワ子さんに会わせてあげることができますわ」

　泉助は、はっとした。眼鏡の奥から、真剣なまなざしがまっすぐに千鶴子をとらえた。

「本当ですか?」

「ええ。トワ子さんは乙女の味方なのですって。わたくしと一緒に行けば、きっと会えます」

「……いつ御一緒できますか?」

　千鶴子は胸の鼓動が高鳴るのを聞いた。頬が上気するのを感じる。とんでもないことをやってのけようとしている。その興奮があまりにも心地よい。

「今すぐにでもまいりましょう。幸い、春の日はまだ落ちませんもの」

千鶴子は我知らず、にっこりと微笑んでいた。


すま屋の店構えはこぢんまりとして、ともすれば殺風景だ。安政の頃から深川にあって、蕎麦《そば》と天ぷらと酒を出していたらしい。

碧一は馴染《なじ》みの酒屋で安い酒と上物の酒を買い、その足で、すま屋の暖簾《のれん》をくぐった。厨房《ちゆうぼう》に立つ爺《じい》さんが、じろりと碧一を睨んだ。

「いらっしゃい」

相方の婆《ばあ》さんのほうは、やたらと人当たりがいい。誰が店を訪れたときでも、かわいい孫がやって来たかのように、小さな顔を皺《しわ》だらけにする。

「まあ、まあ、碧坊はどうしているかしらと、つい昨日、うちの人とも話していたのよ。ちょうど今、誰もいないわ。ゆっくりしていってね」

碧一は床几《しようぎ》の隅に腰掛けた。

「何か適当に作ってくれ。それと、ちょいと話が聞きたい。これ、上方《かみがた》の酒の辛口のやつだ。爺さんが飲んでくれ」

碧一は、持参した貧乏徳利を一つ、卓に載せた。爺さんは、微笑むのとは違うやり方で目を細めた。

「何の話を聞きたいって？」

「人を捜してる」

「名は？　人相は？　年の頃は？　お国は？」

「何ひとつわからねえ。だが、俺よりでかいやつだ。剣をかなり使える。そういうやつに覚えはないか？」

爺さんは白い眉を段違いにした。婆さんに目をやる。婆さんはにこにこしながら小首をかしげた。

碧一は、貧乏徳利の隣に真新しい紙幣を置いた。

「雲をつかむような話だってことはわかってる。相談料だ。話をさせてくれ」

爺さんがうなずくと、婆さんは紙幣をさっとしまい込んだ。

「さあさ、邪魔者が入らないようにしようねえ。碧坊、ゆっくりしていきなさいよ」

婆さんは暖簾をしまい、休み、と書かれた札を店の表に出した。

碧一は爺さんと婆さんの名を知らない。二人の素性にはいろんな噂があり、探ることはあきらめた。

燗《かん》を付けた酒とふきのとうの味噌和《みそあ》えが、まず出てきた。碧一は野に生える若菜が好きだ。ほのかな苦みと独特の匂いがあるものが特に好ましい。

婆さんは気遣わしそうに碧一に酌をした。

「ふきのとうは旬を少し過ぎてしまったから、えぐみを抜き切れていないかもしれないねえ」

碧一は酒で舌を湿し、ふきのとうの味噌和えを匙《さじ》ですくって舐《な》めた。口の中にじわりと滋味が広がる。甘辛い味噌の中に、ふきのとうの香りがしっかりと残っている。

「このくらい癖があるほうがいい」

「あら、そう言ってくれるの。ありがとうねえ」

爺さんが、あっという間に天ぷらを揚げた。かき揚げだ。

「ほらよ。芝海老《しばえび》と海苔《のり》とたらの芽のかき揚げだ」

一口でつまめる大きさに切り、ばらりと粗塩をまぶす。湯気を立てるかき揚げが、碧一の前に置かれた。

碧一は、ふうと息を吹き掛け、かき揚げをつまんで頬張った。衣はさっくりとしている。芝海老のぷりぷりとした歯ざわりも楽しめる。海苔とたらの芽の香りがまた心地よい。

「うまい」

正直な碧一に、爺さんは頬の片方を歪《ゆが》めて笑った。

「蕎麦がきは？」

「くれ。いつものやつ。腹が減ってるんだ」

碧一は匙をくるりと回してみせた。爺さんは鍋の湯の加減を確かめながら、やれやれと頭を振った。

「うちは蕎麦切りを出す店なんだがな」

「あれは食いにくい」

「行儀の悪いわがまま坊主めが。匙を使うようになっただけ上等か」

蕎麦の汁のいい匂いがする。昆布のだしに鰯《いわし》の煮干しも加えて風味を強めているのが、酒には合う。

爺さんは料理をしながら切り出した。

「おまえより体の大きな、なかなかの剣を使う男。心当たりはないが、気を付けておこう。どこかの網には掛かるだろう」

「頼んだ」

「ほかに何を知りたい？」

碧一は息をついた。お猪口《ちょこ》の酒に波紋が揺れた。

「数珠丸という刀のことだ」

「人斬り刀の噂のことかしら」

婆さんの言葉に碧一はうなずき、ことのあらましを話した。血染めの刀と数珠玉、斬殺死体と数珠玉、太刀を振るう襤褸《ぼろ》の巨漢。

爺さんは蕎麦がきの丼を碧一の前に置いた。

蕎麦がきは、蕎麦粉に湯を加えてこねたものだ。餅のようにぽってりとしたそれを、箸や匙で千切りながら食べる。だしを掛け、大根おろしと三つ葉を添えただけのものが碧一の好みだ。

碧一は蕎麦がきを匙ですくい、ふうと吹いた。

「俺は、その噂の野郎と戦った。妖刀なんて言い方は気に食わねえ。あれは怪異じゃねえよ。人だ」

「人であるならば、何のために妖刀を装って殺しをやるんだ？」

「さあな。ただ、誰彼なしに殺してるんじゃないことは確かだ。蜘蛛の印の金持ちを狙ってやがる」

碧一は、つるんと蕎麦がきを口に放り込んだ。爺さんが作る蕎麦がきは、もちもちとして引きが強い。嚙めば嚙むほど滋味が広がる。

爺さんは腕組みをした。

「蜘蛛の印。多摩峰トワ子に近しい者か」

「ああ。爺さんの知り合いにそっちの人間はいねえのか？」

爺さんは、犬を追い払うときのように手を振った。

「そんなもんはおらん。儂は霊能力なんぞ好かんからな。それより、さっさと食っちまえ。血なまぐせえ話をしながら、ものを食うもんじゃねえだろう。行儀が悪いぞ。話は後だ」

「行儀も何も、俺は」

「さっさと食え」

碧一は、ふうと息をつき、蕎麦がきを頬張った。

爺さんが作る料理はいささか味が薄いらしい。店の常連の鳶《とび》が愚痴をこぼすのを聞いたことがある。うまいはうまいんだがよ、と鳶は言い訳をしながら酒を呷《あお》っていた。

碧一の舌には満足な味付けだ。昨日は何を食ったのだったか。米に雑穀や干し芋《いも》を交ぜたものを、光雄がたっぷり炊いてくれた。それを塩むすびにして、いくつか食った。それだけだ。いつも素《そ》っ気《け》ないものばかり食っている。

厨房の爺さんは、せっせと料理をこしらえている。折箱が見えた。碧一に持たせる弁当を詰めているのだ。

碧一が食べ終わる頃を見計らって、婆さんが熱い茶を運んできた。湯飲みは三つ。爺さんも厨房から出てきて、湯飲みを手に取る。

婆さんは娘のように頬に手を当て、小首をかしげた。

「血染めの刀は、何の血に染まっているのかしら」

碧一は手を止めた。

「何の血って、そりゃあ、噂では数珠丸の凶行に感応して血に染まるって話だが」

「でも碧坊、あなた、怪異は信じていないのでしょう？」

「当たり前だ。妖刀の呪いなんかあってたまるか」

「では、こう考えたらどうかしら。赤い血がすべて人の血とは限らない。あれは何の血なのかしら」

碧一は虚をつかれた思いがした。

「過ぎ越しの犠牲の子羊の血みたいなもんか。その昔、モーゼの助言によって、民は災いによって長子を殺されないよう、代わりに子羊の血を鴨居《かもい》と柱に塗った。人も獣も家畜も、血の色は、同じく赤いから」

『旧約聖書』である。預言者モーゼの「出エジプト記」は、まるで冒険物語のように波乱に富み、少年時代の碧一は心を動かされたものだ。

祈りの意味など半端にしかわからなかった。ただ、聖書について語るのであれば、彼女のそばに近付きやすかった。祈りを隠れ蓑《みの》にすれば、年上の美しい人を前に臆する気持ちはいくらか薄れた。

ふと、目の隅を何かが走り抜けた。鼠《ねずみ》である。

爺さんの手には既に苦無《くない》があった。爺さんは、ごく軽く投げた。狙いは過たず、鼠は苦無で貫かれた。即死だろう。小さな血だまりが広がる。

あらあら、と婆さんはつぶやいた。

爺さんは前掛けを外した。

「血染めというのがどれほどの汚れ方をしていたのか知らんが、鼠一匹で苦無はべったり染まる。細工のやり方はこのとおりだ。大層なものでもあるまい。おまえが調べたいのは、誰がその細工をしたのかということだろう？」

爺さんと婆さんは淡々と鼠の死骸を片付け、苦無の血を拭《ぬぐ》い、床の掃除をした。

碧一は手酌の酒を呷った。燗の熱は逃げ、ほどよくぬるい。ぴりぴりとした酒精が喉《のど》を転がり落ちると、鼠の血の匂いは鼻の奥から消えてなくなった。

「刀に細工をできる者。刀に触れることのできる者、か」

碧一は爪を噛んだ。

答えがすぐそこに見えているような気がする。あるいは、既に答えを目撃しているのではないか。

「くそ。まとまらねえ」

光雄の意見がほしい。二人で言葉をぶつけ合ううちに道筋が見えてくる。それがいつもの流れだ。

しばらく思索に沈んだ後、碧一は、すま屋を辞した。寄り道をせず、本所の梁山泊屋敷へと帰る。さっき思い付いたことを一刻も早く光雄に話したかった。

ところがである。

裏戸をくぐるなり、光雄が飛んできた。

「ヘキ、お嬢さんを見なかったか？」

「知らんが」

「泉助くんのほうはどうだ？」

「そっちも見てない。何があった？」

「まずいんだ。お嬢さんと泉助くんがいないんだよ！」

碧一は舌打ちをした。

「またやってくれたか、あのお嬢さんは」

「愚痴は後だ。明日の朝までに無傷で連れ帰らないと、御頭《おかしら》と奥方さんが何をしでかすかわからん。場合によっちゃ、東京が火の海になるぞ。ヘキも捜索に出てくれ。頼む！」

碧一は頭を抱えた。

「面倒くせえんだよな。あのお嬢さんの世話はよ」

「行ってくれるって意味だな？　よし。ヘキは赤木先生のところへ行って、学校で何かおかしなことがなかったか訊いてきてくれ。俺はこのへんの聞き込みから始める」

言うが早いか、光雄は身を翻して行ってしまった。相談をする暇もない。取り残された碧一は、もう一度、舌打ちをした。

「せっかちなやつめ」

碧一は、すま屋の爺さんに持たされた弁当を部屋に放ると、梁山泊屋敷を飛び出した。


それは千鶴子にとって痛快な道中だった。

「駿平、車を曳くのがお上手ね。練習をしているのかしら?」

普段は荷物持ちを務める十一歳の少年が、今ばかりは車夫である。華奢《きゃしゃ》な体付きだが、なかなかに足腰が強いようだ。

駿平はちらりと千鶴子を振り向いた。

「こんなことをしたら、絶対に旦那さまに怒られますよ」

「手柄を立てれば平気ですわ」

「誰でもいいから、手の空いている人を護衛に付けたほうがよかったと思います」

「駄目です。俠客を動かすにはお金がいるのよ。屋敷じゅうに知られてしまうわ。こっそり抜け出すのが最善の策です」

人力車を後ろから押すのは泉助である。郷里にいた頃は遠くの学校まで毎日歩いていたそうで、ひ弱そうな見た目の割に力がある。

千鶴子たち一行は今、向島の多摩峰トワ子のところへ向かっている。誰かに見咎《みとが》められれば、学校帰りを装うつもりだった。しかし案外、人は千鶴子たち一行を気に留めない。

道行はさほど遠くない。千鶴子は脳裏に記憶の地図を広げ、スミが教えてくれた神社を探した。人に尋ねるまでもなかった。

料亭の並ぶ一角にこんもりと小さな森がある。そこが目的の神社だ。鳥が数羽、森の上空を舞い、にぎやかに鳴き交わしている。

鳥居の前で、千鶴子はひらりと車を降りた。

「駿平はここで待っていなさい。知らない人に付いていかないこと。よろしくて？」

「わかっています。ここは何なんです？」

「蜘蛛屋敷への入口ですわ」

「く、蜘蛛？」

駿平がぎょっと顔色を変えるのを尻目に、千鶴子は鳥居をくぐった。

「さあ、泉助さん。一緒にいらしてください」

泉助は青白い顔でうなずいた。

ごく短い参道は途中で鉤形《かぎがた》に折れ、鳥居のところからは本殿が見えない。木陰はひんやりとして薄暗い。

藤の木は本殿の横にあった。銀木犀《ぎんもくせい》に絡み付いて枝を広げ、くすんだ色のつぼみを付けている。

祠はこぢんまりしたものだった。道端の地蔵がちょうど入るくらいの大きさだ。観音開きの木の扉は閉じられているが、鍵はない。

千鶴子は扉のつまみを引いた。扉はあっさり開いた。

「お人形ですわね」

スミの言ったとおり、祠には人形が鎮座していた。千鶴子は少し驚いた。千鶴子の肩越しに祠の中をのぞいた泉助も、声を上げた。

「西洋人形ですか。神社に人形と聞いたので、市松人形のようなものを思い描いていたのですが」

それは青い目の人形だった。黄金色《こがねいろ》の巻き毛に白い肌、ふっくらとした頬は薄紅色だ。千鶴子は人形に微笑みかけた。

「すてき。帽子にもスカートにも、レースがこんなにたっぷり付いていますわ。真っ赤な靴もかわいらしいこと」

千鶴子は人形を抱き上げた。陶製の肌を持つ人形は、思いのほか重たい。

かちり。

小さな硬い音がした。からくりが動き出す音だと、千鶴子は直感した。

何のからくりだろうか。

泉助が千鶴子の肩にそっと触れた。千鶴子はびくりとしたが、泉助は気付いた様子もない。

「ちょっと、そこをどいてもらえますか？　これは機械ですよね。おそらく電気を使う仕掛けのものです」

人形が座っていた台座に、その仕掛けはあった。スイッチだ。人形が重石《おもし》になっているから普段は作動しない。人形を抱き上げればスイッチが入る。

泉助は幾度か、かちかちと仕掛けを動かした。台座の横に扉があるのを見付け、こじ開ける。

千鶴子は泉助の肩に手を載せ、祠の中をのぞき込んだ。

「何の機械かしら」

「私の推測ですが、電信を送るための装置ではないでしょうか」

「電信？」

はい、と首肯《しゆこう》して、泉助は何気なく振り向いた。

近い。

　ごく近いところで見つめ合ってしまった。眼鏡のガラス越しに、泉助の長いまつげを数えられそうだ。

　千鶴子は慌てて後ずさって、ごまかし笑いをした。

「御免あそばせ」

　泉助はよそを向き、眼鏡のつるに触れた。耳が隠しようもなく赤い。上ずった咳払いをすると、祠の中を指差した。

「これは電信の装置だと思われます。ここから伸びる線が地中に潜っています。装置を使えば、向こう側に合図を送ることができるのではないかと推測されます」

　千鶴子は眉をひそめた。

「では、人形を抱き上げることを合図に多摩峰トワ子さんにおとないを入れることができるというのは、機械仕掛けですの？」

「そういうことでしょう」

「霊能力ではありませんのね」

「あなたも、そんな力が存在するとお考えですか？」

「どうかしら。見たことはないのですけれど」

「私も見たことがありません。一方、優れた科学は不思議な力のようにも見えるものです。この人形のからくりも、気付かなければ、不気味でもあり神秘的でもあったでしょうね」

泉助は台の扉を閉めた。千鶴子は人形を抱いたまま思案した。

「からくりには気付かなかったふりをするほうがよろしいのかしら。トワ子さんの力は本物だと信じ切ったふりをして、自分ではどうしようもない悩みがあると告げてみるのです」

「中に入り込むには、そうすべきでしょうね。しかし、多摩峰トワ子に会って、どんな悩みを相談するのです？　まさか数珠丸と人斬り刀の謎を解くためだなどと、率直なことを言うわけにはいかないでしょう」

千鶴子には考えがある。どきどきする胸に人形を抱き締め、泉助をまっすぐに見上げた。

「わたくしにお任せくださいな。泉助さんは、そうね、その詰襟のお姿では学生さんであることを偽るのは難しいでしょうから、東京に来たばかりで右も左もわからない、ついでに機械のこともわからないふりをしてくださいます？」

「それはたやすいことですが」

そのとき、駿平が挨拶をするのが聞こえてきた。わざとらしいほどに元気よく声を張り上げている。千鶴子の耳に入れるために相違ない。

「いらっしゃったみたいですわね」

千鶴子は右手でそっと太腿《ふともも》に触れた。袴の内側に吊《つ》ったピストルが頼もしい。気持ちが引き締まる。

現れたのは、芸者らしく婀娜《あだ》っぽい着物をまとった女だった。帯留めに銀の蜘蛛があしらわれている。

女は千鶴子と泉助を見比べた。

「その人形が何か知っているのかい？」

千鶴子は丁寧な仕草でお辞儀をした。眉根を寄せ、唇をおちょぼにして、あどけなく頼りなげな顔を作ってみせる。

「御機嫌よう、お姉さま。わたくし、学校で聞いた噂を頼りに、多摩峰トワ子お姉さまにおすがりするため、こちらへ参ったのです。このお人形さんがトワ子お姉さまをお呼びくださるとうかがいましたわ」

「学校？　女学生かい。お嬢さまだねえ」

「トワ子お姉さまは乙女を導いてくださる太陽だと、学校では皆、申しています。蜘蛛の御印の御守を授けていただけたら、どんな悩みや苦しみにも光が差すのだと、憧れを込めて噂していますわ」

いささか大袈裟《おおげさ》に話をした。女は、値踏みをする目で千鶴子を見ている。

泉助はいかにも困惑したふうを装い、ぽつりとこぼした。

「お嬢さま、何をなさるおつもりだべし？」

お国訛りが丸出しである。女は泉助に視線を向けると、おもしろそうに、にんまりとした。

「ちょいと小洒落《こじゃれ》た学生さんかと思ったら田舎者かい。ははぁん、筋書きが読めたよ。お嬢さん、あんた、おとなしそうな顔をしてるくせに悪い子だね」

千鶴子は内心、ほくそ笑んだ。だが、顔では悲しげなふりをしながら、女に詰め寄った。

「そうおっしゃらないでくださいまし。わたくしたち、本気なのです」

隣で泉助がたじろぐのがわかった。千鶴子の作戦を察したのだ。千鶴子は泉助に口を挟ませず、畳み掛けた。

「トワ子お姉さまにわたくしたちの御縁を祝福していただきたいのです。わたくし、お父さまが勝手に決めたお見合いなんて、決して受けたくありません！」

女は頭の中で算盤《そろばん》を弾いたのだろう。金持ちの娘がトワ子を慕っていることは、きっと女にとってても有益だ。女は鷹揚《おうよう》にうなずいた。

「わかった。トワ子さまにおつなぎしたげるわ」

女は、豆十三と名乗った。髪に挿した簪《かんざし》はガラス細工で、蜘蛛の模様が入っている。

「すてきな簪ですこと。豆十三お姉さまはたっぷりと祝福を受けていらっしゃるのですね」

千鶴子はうっとりと微笑んでみせた。豆十三は得意げに鼻をぴくぴくさせた。

豆十三が先に立って歩いた。千鶴子は駿平が曳く車に乗り、隣に泉助が付き従った。

華やかな表通りから一筋入ると、品のいい佇《たたず》まいの料亭があった。いや、料亭の構えだが、看板は出ていない。

豆十三が告げた。

「向島っていう町は、明治になって、がらっと変わったからね。入れ替わりがいろいろあった。そんな中であぶれてたこの建物をトワ子さまがお買いになった。あたしはここを預かっているのさ」

「豆十三お姉さまはこちらにお住まいですの？」

「そうだよ。トワ子さまが東京にいらっしゃるときは、よくここを使ってくださる。あたしを信用してくださっているんだ」

「まあ、素晴らしいこと」

「この館はね、こう見えて、中はけっこうモダンなんだよ」

門を入ったところの小屋で、駿平は人力車ごと足止めされた。客人が連れてきた使用人はここで待つのが通例だという。

駿平は落ち着かなげにきょろきょろしている。

「お嬢さま、本当にこれからどうするんですか？　もうそろそろ暗いじゃないですか。怒られるどころの話じゃないですよ」

「そう心配しなさんな。月が出る頃になっても戻らなかったら、おまえひとりで屋敷に帰ってちょうだい。そして誰かを呼ぶこと。よろしい？」

駿平はきゅっと唇を引き結び、うなずいた。

ひとたび履物を脱いで上がると、館の内側は見事に洋風の装いだった。障子は紙を取り払われ、色ガラスを配されている。花模様の壁紙がまたモダンだ。

玄関からすぐの部屋で、千鶴子と泉助はしばし待たされた。豆十三はトワ子を呼んでくると言って、奥へ入っていった。

千鶴子はふかふかしたソファに腰掛けた。緋色《ひいろ》の天鵞絨《ビロード》は滑らかな手ざわりだ。調度は深い色味の木目で揃えられ、薄紫色の壁紙には唐草模様が描かれている。

卓上の燭台《しょくだい》がまぶしい。金細工の幹と枝にガラスの葉を茂らせた姿の洋風の燭台だ。真っ白な蠟燭《ろうそく》が幾本も、赤々とした火をともしている。それがガラスに反射して、昼のように明るい。

屋敷のあちこちに電灯と洋灯《ランプ》がともされている。火の番をする下働きの者もいるはずだ。気配は感じるが、姿は見えない。

　泉助は、幾度目かの盛大なため息をついた。千鶴子がそちらに目をやると、泉助は眼鏡の位置を直すふりをして顔を隠した。焦りのにじむ声でささやく。

「いくら何でも、あまりに破廉恥ではありませんか？　まるで、か、駆け落ちの男女のようなことを口にするだなんて。あなたは家付きのお嬢さま、女学校に通うほどの裕福なお嬢さまなのですよ。もっと自覚なさってください」

　千鶴子は唇の前に人差し指を立てた。

「口を開かないでいてくださいます？　せっかくの物語が台無しですわ」

「物語とは、しかし……」

「ここまで来たら、乗り掛かった舟でしょう。わたくしにお任せくださいな。トワ子さんと数珠丸のもとまでたどり着いてみせます」

　数珠丸と聞くと、泉助は小さく呻《うめ》いて黙った。

　豆十三はほどなくして戻ってきた。

「トワ子さまはあんたたちにお会いになるとおっしゃったよ。ただし、手短にね。車曳きの坊やもいることだし、夜が更けないうちに帰るんだよ」

　千鶴子は不安げな顔を作った。

「帰る、ですか？　トワ子お姉さまがそうおっしゃったのですか？」

「そうだよ。お嬢さんだって、まさか帰らないつもりじゃあなかっただろう？　それとも、向島で常磐津《ときわず》でもやって身を立ててみるかい？」

千鶴子は考え込むそぶりをしてみせた。泉助は千鶴子の言い付けどおり、黙っている。

邸内はあちこちに、ガラスを使った燭台が置かれていた。透き通ったガラス、赤いガラス、空色のガラス、黄金色に輝くガラス。闇を照らすだけの道具が、ひどく幻想的だ。香が焚《た》かれているらしい。ほのかな陶酔をもたらす甘い匂いがする。

入り組んだ廊下をあちらへ折れ、こちらへ折れしながら進む造りだった。左右にカーテンが下ろされた太鼓橋は、昼間であれば庭を望めるのだろう。

千鶴子は屋敷の構造を思い描こうとしたが、難しかった。こんなとき、光雄がいたら心強い。込み入った造りの屋敷も、迷路のような町並みも、光雄はただ一度歩くだけで絵図に起こすことができる。

角を曲がると、豆十三が足を止めて小声で言い渡した。

「トワ子さまはお忙しいんだ。今日だって、さっきようやくお戻りでね。長々とお時間を取っちゃいけないよ」

千鶴子は神妙にうなずいた。

「突然押し掛けたのにお会いいただけるだけでも、本当に光栄ですもの。これ以上、トワ子お姉さまの御迷惑にはならないようにいたします」

「まあ、あんたの心掛け次第では、もっとゆっくりお話しする席を設けてやってもいいけどね」

心掛けとは、金銭という意味だろう。千鶴子は察したが、財布など持ち歩かないのがお嬢さまのたしなみである。にっこりして小首をかしげると、豆十三は鼻で笑った。

トワ子の居室の扉は開いている。話す声が聞こえてきた。

「あら、トワ子お姉さまは御来客中ですか？」

「約束してた連中が来てるときに、あんたたちがあたしを呼び出したんだよ」

「そうでしたか。失礼いたしました」

「まあ、いいさ。客なんて上等なもんじゃあないんだ。職人だよ。入って、トワ子さまに御挨拶をおし」

豆十三は千鶴子と泉助を引き連れ、トワ子の居室に足を踏み入れた。

部屋に入ると、空気が違った。屋敷全体に焚かれた香とは違う匂いがする。書物の匂いだ。古い紙のこそばゆいような匂いと、真新しい洋書の革とインクの匂いが部屋を満たしている。

そこは書斎だった。いつか洋書の挿絵で見たことがある情景だ。欧州の大きな屋敷の当主が、ちょうどこんな部屋で仕事をしていた。

大きな机に着いているのは、女だ。顔はわからない。黒いヴェールが女の顔を覆っている。額のすぐ上にかぶったトーク帽も艶《つや》やかな黒だ。髪は肩のところで切り揃えられている。

女は席を立ち、膝を浅く曲げる洋式のお辞儀をした。

「いらっしゃいましたか。御機嫌よう、姉妹。わたしが多摩峰トワ子です」

トワ子は、すらりとした体に洋服をまとっている。白いサテンのブラウスに、シルクの黒いスカート。襟元には碧色《へきしょく》のブローチがあしらわれている。そのブローチに金で描かれているのが蜘蛛だった。

千鶴子は学校で教わるとおりのお辞儀をし、挨拶の口上を述べた。傍らで泉助もかしこまった礼をする。千鶴子は単刀直入に切り出した。

「トワ子お姉さま、わたくしたちを祝福してくださいませ。トワ子お姉さまのお力のことは学校で皆が話題にしておりますの。わたくし、頼れるのはトワ子お姉さまだけですわ」

泉助は黙って顔を伏せた。千鶴子はじっと、トワ子の目があるあたりを見つめた。

ヴェールがそよいだ。トワ子が笑ったらしい。

「悩める乙女たちに頼ってもらえることは、わたしもとても嬉《うれ》しゅうございます。よくここまでたどり着きましたね」

トワ子の低く落ち着いた声は美しい。ただ言葉を語るだけで、歌うようにまろやかに響く声だ。

千鶴子は言った。

「わたくしのお友達が蜘蛛の御守を授けていただきました。別のお友達は、トワ子さまが特別な刀をお持ちで、その刀が願いを叶《かな》えてくれると聞いた、とも言っておりました」

御守が学校で話題になっているのはともかく、刀の件は口から出まかせである。数珠丸の情報を引き出すためだ。

トワ子は刀の話に乗ってきた。

「願いを叶える刀ですか。こちらの館には幾振もの刀を置いてありますが」

「数珠丸という名前の刀はこちらにございますか？　とても美しい刀だとうかがいました。その刀が不思議な力を持つのだと」

「まあ。数珠丸ですか。それは……」

トワ子が言葉を切った。

ぴりりと張り詰めたものが千鶴子の体を駆け抜けた。ヴェール越しのトワ子のまなざしが、まっすぐに千鶴子を貫いている。

千鶴子は不意に、至極当然の恐怖を感じた。

多摩峰トワ子とは何者なのか。噂に違《たが》わず、本当に霊能力を持っているのではないか。人の嘘《うそ》など、たやすく見破るのではないか。

押し黙った時間が重い。泉助が身じろぎをする。

トワ子は、つと視線を転じた。千鶴子たちではなく、先客のほうへ話題を振ったのだ。

「奇遇ですね。こちらのお嬢さんも数珠丸に御用なのですって。蜘蛛の印をお求めのお客さまは多いのですが、数珠丸のことに触れてくださるだなんて、お目が高いと思いませんか？」

職人らしい男が、顔をくしゃくしゃにして笑い、背中を丸めて頭を下げた。

「刀をお好きなお若いかたとは、お珍しゅうございます。研ぎ師にとっては嬉しいことですよ」

泉助がうずうずするのを、千鶴子は察した。職人が研ぎ師と名乗ったからだろう。

千鶴子は泉助の先回りをして、研ぎ師に尋ねた。

「あなた、研ぎ師さんですのね。数珠丸もあなたがお研ぎになるの？」

研ぎ師は少し慌て、体を二つ折りにして頭を下げた。

「お嬢さま、どちらの御令嬢か存じませんが、手前みたいな職人風情に、そのように親しげに……」

「あら、そうおっしゃらないでくださいまし。わたくしのほうこそ、あなたがトワ子お姉さまとお話ししているところにお邪魔して、礼を失してしまっているのですもの。許してくださいませね」

「滅相もございません」

「ね、お答えくださらない？　数珠丸のことをうかがいたいのです。トワ子お姉さまは数珠丸を得られてから一層、お力を増していらっしゃると聞きましたわ。そんな素晴らしい刀を、研ぎ師さんがお手入れなさるのですか？」

研ぎ師は面を上げた。笑顔である。

「いずれ数珠丸を研ぐお仕事をと、トワ子さまから直々にお話を賜っていたところでした。手前のような、うらぶれた職人に、もったいないほどのお話です」

研ぎ師は、千鶴子の父と同じくらいの年齢に見えた。顔いっぱいに、くしゃくしゃの笑い皺がある。

千鶴子は小首をかしげてみせた。

「霊力を秘めた刀を扱うのは、恐ろしくありませんの？」

研ぎ師はにこやかに応じた。

「恐ろしゅうございますね」

「恐れていらっしゃるふうには見せませんわ。勇敢ですのね」

「刀とは、そもそも、力を持つものでございます。手前は日頃から、そのような力に触れておりますので。しかし、名刀数珠丸ともなると、さすがに、その力に当てられてしまうやもしれませんなあ」

どこかつかみどころのない男だ、と千鶴子は感じた。よく見れば、研ぎ師の顔にも手にも、ごく小さな火傷《やけど》の痕がたくさんある。火事に見舞われたことがあるのだろうか。梁山泊屋敷にも、火傷の痕を持つ者は幾人かいる。

トワ子が豆十三に命じた。

「数珠丸をここへお持ちなさい。こちらのお嬢さんと学生さんにお見せしましょう。豆十三、鉄蔵さんと行ってくるのです」

豆十三は、はいと答えた。ぞんざいな低い声だった。職人を嫌っているのだろう。客なんて上等なものじゃあないんだと、さっきも嫌そうな顔をしていた。鉄蔵と呼ばれた研ぎ師は、ぺこぺこと頭を下げ、豆十三の後に続いて部屋を出た。

トワ子は千鶴子へと顔を向けた。

「こちらへいらっしゃい、姉妹。わたしがあなたの力になれるのなら、話を聞きましょう。どんなお悩みを抱えてこちらへいらしたのですか？」

「お話ししてよろしゅうございますか？」

「ええ、もちろん」

った。

「ありがとうございます」

千鶴子はにっこりと会釈して、トワ子の机へと近付いた。トワ子は背が高い。ヴェール越しにうっすらと顔立ちがうかがえる。美しいという噂は本当だ、と千鶴子は思った。

トワ子が微笑むのがわかった。

「かわいらしいお嬢さんですね。何年生ですか？」

「四年生に上がったばかりです」

「そう。そろそろ学校を辞めてお嫁に行くお友達もいるのではありませんか？」

「わたくしの身近には、まだおりません。そうなるかもしれないということを、今日、親友から聞いたばかりではあります。許婚のいるお友達も多くなってきましたわ」

「あなたも？」

「ええ。ですから今日、こうしてここへ参ったのです。わたくしは、父の言いなりになりたくありません」

言葉にしながら、ああそのとおりだ、と千鶴子は改めて自覚した。万が一、父が千鶴子の意に反する結婚を押し付けるようなら、千鶴子は家出してでも拒んでみせる。泉助を引っ張り出したのは茶番だが、今、トワ子に告げた言葉に嘘はない。

拳を固めた千鶴子に、トワ子は穏やかに説いた。

「お家のために娘が果たす役割というものがあるでしょう。何も女学校へ通うような、裕福な家の娘だけではありませんよ。多くの娘たちが、好いた相手と結ばれるわけではないのです」

「むろん存じておりますけれども……あら？　まあ、このお花。美しゅうございますね」

千鶴子は感嘆した。机に飾られた花が精巧なガラス細工だと、近寄って初めて気が付いたのだ。

真っ赤な彼岸花である。まっすぐで背の高い茎の上で、くるりと巻いた細い花弁が放射状に広がっている。凛《りん》として他を寄せ付けない、どこか異様な美しさがある。

トワ子はガラスの彼岸花に触れた。

「季節外れでしょう。秋の彼岸の頃に咲く花ですから」

「今の時季にも、まれに咲いていますわ。春の陽気に誘われて、寝ぼけてしまうのかしら。トワ子お姉さまは彼岸花がお好きですの？」

「わたしに似合いの花だと思っているのです」

千鶴子は小首をかしげた。

「それはどういう意味でしょう？」

彼岸花には毒がある。炎のような花とも、血しぶきを思わせる花ともいわれる。葬式花、墓花、死人花。いくつもの異名を持つが、恐ろしげな響きのものが多い。

トワ子は答えた。

「英語では、彼岸花のことをスパイダーリリーと呼ぶのです」

「スパイダー。蜘蛛ですわね。なるほど、蜘蛛といえばトワ子お姉さまの御印。彼岸花もトワ子お姉さまのお味方となる花ですのね」

「英語はお得意ですか?」

「成績はまずまずです。力を入れて学んではいるのですけれど、試験でよい点を取ることと、英語でお手紙を書いたり英語の小説を読んだりすることは、まるで違いますわね。ましてや英語でお話しするだなんて、とても難しゅうございますわ」

ほう、と感心したように声を漏らしたのは、泉助とトワ子と、同時だった。泉助は慌てて口を押さえた。トワ子は泉助を見て、千鶴子を見た。

「試験で点を取れたら満足ではなく、英語を自在に使えるようになりたいのですね?」

「はい。父の仕事の関係で、英語の文章を目にすることも多いので」

千鶴子は太腿に触れた。袴の内側に吊った真新しいピストル、M1911を指先で確かめる。M1911はアメリカから取り寄せたものであるから、売人からの手紙などはすべて英語だった。

トワ子は、ほんの少しからかうような響きを言葉に込めた。

「あなたの隣にいる優秀な青年に、家庭教師をお願いすればよいのではありませんか？　一緒に過ごす時間が増えますよ。よい作戦ではありませんか？」

えっ、と、今度は千鶴子と泉助の声が重なった。二人は顔を見合わせた。

泉助は、すんなりと大きな手で口元を覆った。千鶴子の視線を正面から受けると、たちまち耳まで赤くなった。

一拍遅れて、千鶴子も気恥ずかしくなった。からかわれると、高揚する心が抑え切れない。どきどきと、体の内側で心臓の音が鳴り響き始める。

吐息のように低い声で、トワ子が笑った。

「いいですね、あなたたち」

「あ……ありがとうございます」

千鶴子は、熱くなった頬に手を当てた。

トワ子はブラウスの襟の内側に指を差し入れると、首飾りを取り出した。銀の鎖の先に、二枚の小さな銀の板が下がっている。

「姉妹、これをあなたとあなたの恋人に贈ります。こちらの飾りを一枚ずつお持ちなさい。引き寄せ合う運命となりましょう」

千鶴子は首飾りを受け取った。トワ子の手はひんやりしていたが、首飾りには体温が移っている。銀の板を隣り合わせに並べると、金刻された蜘蛛の模様がつながった。

「蜘蛛の御印ですわ。わたくしがいただいてしまってよろしいのですか？　トワ子お姉さまの大切なものではございませんの？」

「必要とする人がお持ちなさい。あなたを見ていると、若い頃を思い出します。無垢《むく》なまま、幸せにおなりなさいね。死なせてしまってはなりませんよ」

死。

突然の言葉に、千鶴子の頬から、さっと火照《ほて》りが引いた。

「トワ子お姉さま。今、何のことをおっしゃったのです？」

噛んで含めるように、トワ子は繰り返した。

「大切な人ならば、死なせてしまってはなりません。そんな手放し方をしたら、会えませんから。永遠に」

「どういうことですか？　それは……予言、ですか？」

ヴェール越しにトワ子は微笑み続けている。

「いいえ、恐れないで。ただ、老婆心から申しました。想《おも》い合う二人が若くして死に別れることなど、珍しくもありませんから」

千鶴子は首飾りを手の中に握り締めた。

いきなりだ。

悲鳴が耳をつんざいた。女の悲鳴だった。

ばたばたと廊下を走る音がする。つんのめり、すっ転びながら、足音はこちらへやって来る。

裾を乱した豆十三が部屋へ倒れ込んできた。

「ち、血が！　血が、べったりと、数珠丸に……数珠玉も転がってるんです！　出たんです、あの血染めの刀が！」


納戸の前に立った途端、むわっとした異臭にとらわれた。血の匂いだ。

床の真ん中の血だまりに、ほっそりと長い刀が横たわっている。まるで刀が自ら血を流した後のようにも見える。刃《やいば》はもちろん、柄《つか》も鍔も鞘も、傍らに転がる数珠玉も、赤く染まっている。

千鶴子は立ち尽くした。泉助は口を押さえ、後ずさった。

鉄蔵が顔を上げ、トワ子に問うた。

「御覧になりましたか？」

ええ、と、トワ子はうなずいた。ヴェールに隔てられて顔色は見えないが、立ち居振る舞いも声音も落ち着いたものだ。

「これは一体どういうことでしょうか。いつからこの様子だったのでしょう？」

「手前にはわかりません。ですが、トワ子さま、一つだけ、はっきりしていることがございます。このまま血染めにしていては、刀が錆《さ》び、朽ちてしまいます。刀をきれいにしてやってよろしゅうございますか？」

トワ子は鉄蔵を見やった。背筋の伸びたトワ子のほうが上背がある。見下ろされた鉄蔵は、眉尻を下げたくしゃくしゃの顔で答えを待っている。

ついと、トワ子は鉄蔵から顔を背けた。納戸の中を一瞥《いちべつ》する。

「荒らされてはいませんね。ほかの刀は何ともない。数珠丸だけがこのありさまですか。豆十三」

「は、はい」

「艦褸と、水を張った桶《おけ》を持ってきなさい。数珠丸の応急処置を鉄蔵さんにお願いします。それから、女中なり誰なりを呼んで、床を清めさせなさい」

豆十三の返事よりも、鉄蔵が上げた声のほうが大きかった。鉄蔵は這《は》いつくばらんばかりに低く低く頭を下げた。

「ありがとうございます！　必ずや、刀を救ってみせますので！」

トワ子は鉄蔵に背を向けた。

「礼には及びません。この場では直せますまい。持ち帰って早急に直してください。むろん、十分なお代は取らせます。豆十三、そちらの用意もお願いします」

トワ子は立ち去った。

豆十三は舌打ちをした。続いてこぼれたのは鉄蔵への悪態である。

「何なんだい。これじゃ、あたしがあんたよりも格が低いみたいじゃないか。ふざけんじゃないよ。あたしはトワ子さまの一番のお気に入りなんだからね」

言うだけ言って、足音高く廊下を歩いていく。鉄蔵はその背中に声を掛けた。

「床の掃除、手前の弟子が引き受けましょうか？」

豆十三は振り向いた。口元に嘲笑があった。

「そりゃあいいね。うちの連中は忙しいから、汚れ仕事なんかやってる暇はないの。あんたの弟子を借りるよ。下男小屋で待ってるんだろう？　呼びに行かせよう」

鉄蔵はぺこぺこと頭を下げた。豆十三が廊下の角を曲がると、体を起こした。顔はもう、笑ってもいないし、くしゃくしゃでもない。

凍《い》て付くように冷静な目で、鉄蔵は刀を見た。羽織を脱ぐ。そして迷いもなく、刀を血の中から取り上げ、脱いだ羽織に包み込んだ。鉄蔵の両手も足袋《たび》も血の赤に染まる。

千鶴子もまた冷静だった。血の匂いが頭を冴えさせたのだ。ぼうっとしてなどいられない。

納戸には見事な宝物が納められている。蒔絵《まきえ》、簞笥《たんす》、具足に槍《やり》。洋式の調度もあれば、油絵もある。床に飛び散った血だけが悪夢めいて異質だ。

青ざめた泉助がふらふらと鉄蔵に近寄った。

「この刀が数珠丸なのですか？」

鉄蔵は羽織から刀身をのぞかせた。まだ血がこびり付いている。泉助が喉の奥をひゅっと鳴らした。鉄蔵がちらりと泉助を見上げた。

「血が苦手のようですね」

「……これは、ここまでべったりと付いてしまった血の汚れというものは、落ちるのですか？」

「落としますよ。この場でできることは、水を含ませた布で血を拭き取り、錆び除《よ》けの油を塗ってやることくらいですがね。しかし、拵はどうしましょうか。難しいかもしれませんね」

泉助はうなずいた。その弾みで、ぐらりと倒れかける。

千鶴子は咄嗟に動いた。泉助に抱き着くようにして、体を支えた。

「無茶をなさらないでくださいまし。血の匂いがよくないのですわ。納戸から離れましょう」

泉助はぐったりと千鶴子に体を預けている。

「面目ありません。めまいが……以前、血染めの刀を見たときは、あれほど大量の血ではありませんでしたし、昨晩は眠れなかったものですから……」

「ほら、しっかりなさって。足を交わしてください。あちら、窓を開けましょう。きっとお庭に面した窓ですわ。外の空気を吸えば、少し楽になるはずです」

泉助を支えて歩きながら、千鶴子は驚いた。男の体は硬い。スミや由子とはまるで違う。泉助は痩せていて、どこもかしこも、ごりごりと骨が当たる。痩せているのにひどく重い。

まるで、違う生き物のよう。

泉助の吐く息が千鶴子のほつれ毛をふわりと揺らした。思わず千鶴子は、あ、と小さな声を上げた。

心臓の打つ音が聞こえる。自分とは別の音が、体を寄せ合ったところから、はっきりと。

泉助は壁に背を預け、へたり込んだ。うつむいてつぶやく。

「情けねえ」

お国訛りの本音が、千鶴子にも聞き取れた。千鶴子は泉助の隣にしゃがんだ。泉助は膝を抱え、ますます深く顔を伏せた。

まるで、小さな子供のよう。

千鶴子の手はおのずと動いた。泉助の頭をそっと撫《な》でる。思いのほか、柔らかな髪だ。ほんのりとぬくい。

ばたばたと、いくつかの足音がやって来た。豆十三と大柄な白髪の男、そしてもう一人、思いがけない者も一緒だった。

「あら、駿平。どうしたのです？」

駿平は膨れっ面《つら》をした。

「あらじゃありません。帰りますよ」

「帰る？　でも、もう少しここで」

「駄目です。お迎えが来ました」

「お迎えですって？」

駿平は大人びたため息をついた。

「光雄さんが来たんですよ。おとなしく帰りましょう、お嬢さま」


向島まで来てしまうと、千鶴子の足跡をたどるのはたやすかった。人力車に乗ったお嬢さまと見目のよい学生の逃避行だ。車夫は少年。花街に似つかわしくない一行はよく目立ったらしい。

それでも光雄は、路地の奥の館の庭に千鶴子専用の人力車を見付けたとき、腰が抜けそうなほどに安堵した。

おとないを入れ、出てきた下働きの者に用件を告げるうちに駿平が転がり出てきた。駿平の話によって、ここに千鶴子と泉助がいて、かどわかされたわけでもないと光雄は知った。そして驚愕《きょうがく》した。

「多摩峰トワ子に会いに来た？」

大声を上げてから、慌てて口を押さえた。駿平は手短に、ここに至った経緯を光雄に耳打ちした。

人力車のところで待たされる間、光雄は悶々《もんもん》としてしまった。光雄が調べ回ってもたどり着けなかったトワ子の居場所へ、千鶴子はたやすく入り込んでいる。

「やられたなあ」

ぼやいたとき、玄関が開く音がした。千鶴子と泉助と駿平が戻ってきた。

千鶴子は平然たるもので、光雄に微笑みかけた。光雄はどっと疲労が増す気がした。

駿平が同情のまなざしを向けてくる。

泉助はしかし、様子がおかしかった。光雄は泉助の顔をのぞき込んだ。

「どうした？　具合が悪いのかい？」

「いえ……ちょっと、凄《すさ》まじいものを見てしまったので」

「凄まじいもの？」

千鶴子が代わりに答えた。

「トワ子お姉さまがお持ちの数珠丸が、血染めになったのです」

「数珠丸が血染め？　例のあれってことですかい？」

「でしょうね。数珠玉も転がっていましたから」

「何てこった。そもそも、この館にあの数珠丸があるんですかい」

千鶴子は泉助を見た。泉助は手で口元を覆った。

「おそらく数珠丸でした。血に染まっていて刃文も何もわからず、拵が施されていたので銘も確かめられませんでしたが、あの長さと形状は古い時代の太刀です。旧幕時代の武士が帯びた打刀ではありませんでした」

光雄はうずうずした。人斬り事件の元凶かもしれない数珠丸という刀を、この目で見てみたい。だが、館のほうへ一歩踏み出したところで、足が止まる。

女が館から現れた。

光雄は息を呑んだ。

女は異様だった。黒いヴェールで顔を隠している。しかし、確かに目が合っているとわかる。威圧的なまでに強いまなざしを感じる。

名乗られずとも理解した。

「あんたが、多摩峰トワ子さん？」

トワ子は立ち止まり、膝を曲げるお辞儀をした。

「お初にお目に掛かります。お察しのとおり、多摩峰トワ子と申します。こちらのお嬢さんのお家のかたですね？」

「用心棒みたいなもんです。お嬢さんが御迷惑をおかけしました」

「いいえ、迷惑だなんて。すてきなひとときを過ごさせていただきました。お嬢さん、またお悩みがあれば、いつでもいらっしゃい」

千鶴子は無邪気そうに笑った。

「あら、嬉しゅうございます。トワ子お姉さま、約束ですわよ。そうだわ、数珠丸がきれいになったときに、また見に来てもよろしいかしら？」

光雄は、空気が張り詰めるのを感じた。千鶴子はしたたかに、無垢な娘を装っている。

トワ子は鷹揚にうなずいた。

「いいでしょう。少し時間をいただきますが、必ずお知らせします。どちらへお手紙を届けましょうか？」

千鶴子は光雄を見た。光雄はうなずいた。多摩峰トワ子とつなぎを作っておくのは悪くない。千鶴子は答えた。

「わたくしとしたことが、名乗ってもおりませんでしたわね。失礼いたしました。水城千鶴子と申します。我が家は本所の梁山泊屋敷と呼ばれておりますけれど、トワ子お姉さま、御存じありませんかしら？」

「ああ、梁山泊屋敷ですか。存じています。では、用心棒とおっしゃるそちらの殿方も、本当に本物の用心棒でいらっしゃるのですね」

トワ子は、少し思案するような間を置いた。玄関のほうを振り向くと、控えていた女中を手招きする。女中はトワ子の指示を受け、素早く屋内へ去った。

光雄はトワ子を観察している。すらりとして背の高い洋装の女。骨格の感じからすると、日本人だろう。光雄はトワ子に問うた。

「こちらがあんたの住まいですかい？」

「いいえ。東京に逗留《とうりゅう》するときはここを利用することが多いのですが。ここの主は、わたしの弟子の一人です」

「ほう。御自宅は東京ではない。どちらからいらしてるんです？」

そのとき、女中が戻ってきた。薄い包みを手にしている。金銭だと知れた。トワ子がうなずくと、女中は光雄に包みを差し出した。

トワ子は言った。

「用心棒を引き受けてくださいませんか？　こちらはその前金です。お受け取りくださいさい」

光雄は包みを手に取った。思ったより多かった。札束と呼んでいい厚さだ。

「前金だけでこんなに？　ずいぶんとまあ、羽振りがよろしいようで」

「近頃、わたしの身辺は物騒ですから。邸内の刀が血染めにされたとなると、この館も危ういでしょうね。何者かが合鍵をこしらえて細工をしたのでしょうか」

「細工ですか。へえ。こんなに不気味なことが起きたってのに、呪いや怪異ではないと考えてるわけですね」

　含みのある光雄の口調に気付かなかったわけでもあるまいが、トワ子はそこに触れず、話を先へ進めた。

「今宵《こよい》はほかへ宿を取るとして、用心棒の件は明後日《あさって》です。夕刻、午後七時に新橋の停車場へおいでくださいますか？　わたしは汽車で停車場に参りますので」

「新橋か。停車場で落ち合って、そこから先の道中を俺らが護衛するってことかな。横浜のほうにでもお住まいなんですかい？」

　トワ子はやんわりと笑った。

「婦人の素性を根掘り葉掘りするのは礼を失しますよ」

「そいつは違いない。どうも品がなくて、申し訳ありませんね。こんな男でよければ、用心棒を引き受けましょう。腕の立つ相棒も連れていきますよ」

「それは心強いことです。先日までわたしに用心棒を提供していたかたが、その用心棒もろとも、妖刀と呼ばれる何者かに殺されてしまったものですから、少々難儀していたのです」

光雄は目を見張った。調べを付けたばかりの件だ。

庄右衛門を狙った事件は未遂に終わった。その前はウィルソンが死んだ。さらにその前が本郷区真砂町で五郎翁の目撃した事件で、ヴァイオリン奏者が死んだ。梁山泊屋敷の同業者が四人の護衛と共に死んでいたのは、さらに二つ前の事件だ。

トワ子は淡々と告げた。

「成功報酬はその場でお支払いいたします。何事もなければ、今お渡しした前金と同じ金額を次回も差し上げます。ただし、万一あなたがたが亡くなっても保証はしかねます」

思わず、光雄は笑った。人斬り刀をおびき寄せる最高の餌が手に入ったのだ。用心棒が死んでも関知しないと言ってのける、蛇のように冷たい女である。

光雄は胸に手を当て、会釈をした。

「よろしいでしょう。引き受けますとも」

「では、明後日の午後七時に新橋停車場へいらしてください。御同輩によろしくお伝え願います」

話が付いた。そう思ったときだ。

玄関の戸が開く音がした。からころと下駄の音を立てて、女が歩んできた。

光雄は何気なくそちらを振り向き、おや、と声を上げた。一方、女のほうはもっと大きな声を上げた。

「ああっ、あのとき山川健次郎のところにいた優男《やさおとこ》！　何だってここにいるのさ！」

「確か、豆十三さんだっけ。その節はどうも」

牙を剝《む》くように睨んでくる豆十三に、光雄はちらっと帽子を掲げて挨拶した。

豆十三はトワ子の体を盾にして、光雄に人差し指を突き付けた。

「トワ子さま、こいつ、山川健次郎の一派です。あたしたちの敵です。気を許しちゃいけません。叩き出しちまってください！」

「おいおい、そいつは困るよ。敵だなんて、そういうんじゃないんですがね」

光雄は肩をすくめた。

トワ子の嘆息がヴェールをふわりと揺らした。

「豆十三、おやめなさい。失礼ですよ」

「でも、トワ子さま」

「向こうっ気が強いところはあなたの魅力。しかし、時と場合を心得なさい。博愛という言葉を教えたはずですよ。わたしは誰と敵対するつもりもありません」

豆十三は小娘のように唇を尖《とが》らせた。ぷいとそっぽを向くと、ガラス細工の簪がきらりとした。蜘蛛の模様があしらわれている。

光雄は寸時、考えを巡らせた。弾き出した答えは、迎合である。光雄は、歯を見せる笑い方をした。丸顔の頬に、人の好《よ》さそうなえくぼができる。

「豆十三さん、簪が洒落てますね。着物の模様も。前に会ったときもそうだったでしょう？　蜘蛛は縁起がいいんですかい？」

横顔を向けたままの豆十三は、屹《きっ》としたまなざしを光雄に投げた。すっと切れ長の目尻に小粋な紅が引かれている。なるほど、向島の芸者らしい、いかにも勝ち気な流し目だ。やられちまう男もいるだろうなと、光雄は思った。

豆十三は放り出すように言った。

「蜘蛛はトワ子さまの御印だもの。あたしにとって特別なのさ」

「ほう。御利益があるってとこですかい？　なに、まったく別の知人も、多摩峰トワ子さんの蜘蛛の御守を後生大事にしてるんで、俺も気になってましてね」

「あんたんとこのお嬢さんに訊いてみたらどう？　お嬢さんはずいぶん、トワ子さまのことに詳しいよ」

水を向けられた千鶴子は、にっこり微笑んだ。

「トワ子お姉さまは、わたくしの学校で大いに人気を博していますの。わたくしの知る限りのこと、あなたにも教えて差し上げましてよ」

千鶴子なりに情報をつかんだという意味だろう。末恐ろしいものだと、光雄は舌を巻いた。

いずれにせよ、暇乞いの潮時である。光雄は、トワ子と豆十三、どちらにも均等に愛想のいい笑みを振りまいた。

「今日のところは、このへんで失礼しますよ。真っ暗になっちまう前に帰らなけりゃね。トワ子さんも豆十三さんも、俺らを敵だと思わんでいてくれるとありがたい」

トワ子はうなずいた。

「敵だなどとは申しませんとも。白黒はっきり陣営を分かつなど、そんなチェスのように判じやすい世界ではありませんから。この現実においては」

「清濁併せ飲んで、酸いも甘いも嚙み分ける、か。格好いいですね、多摩峰トワ子さん。また今度、じっくりお話ししてみたいもんです」

「ええ、いずれ。その機会を楽しみにしております」

光雄は、ぞわりと、首筋の毛が逆立つのを感じた。

いい女と相対している、という生易《なまやさ》しい間合いではない。トワ子は、何かひどく緊迫したものを光雄に突き付ける。

金持ち連中を集めて、何をたくらんでいやがるんだか。敵か味方かの見極めは置くとしても、気味の悪さは拭い去りようがない。

駿平が華奢な体で人力車を曳いてきた。そこで終幕となった。

トワ子は踵《きびす》を返した。光雄はその背に頭を下げてみせた。

帰り道、人力車に腰掛けた千鶴子はふわふわとあくびをした。泉助は車の後ろを黙って付いてくる。

光雄は、車を曳く駿平と並んで歩いた。光雄が車夫を務めることを申し出たが、駿平は譲らなかったのだ。

「駿平、疲れたら言えよ」

「疲れませんよ、これくらい」

「待たされてる間、不安じゃなかったか?」

「そんなことはありません。一人でいたわけでもなかったし。下男用の小屋も綺麗《きれい》だったんですよ。おもしろい白髪のおじさんが用事から戻ってきて、それから呼び出されるまでずっと、おいらとしゃべってくれて」

「おじさんってのは、あの屋敷の使用人かい?」

「違います。トワ子さんを訪ねてきた研ぎ師の弟子って言ってました。弟子なんていう年じゃなかったんですけどね。きっと前の仕事をなくして、やっと研ぎ師の仕事を見付けたんだと思いますよ。苦労してきたんだそうです」

まだ十一歳で、声変わりもしていないというのに、駿平は大人びている。まじめで、いじらしい少年だ。光雄は駿平のそういうところを気に入っている。駿平にかまってやったという研ぎ師の弟子とやらも、同じように感じたのだろう。

「梁山泊屋敷でも研ぎ師を雇いたいところだな。皆、ある程度は自前で刃物の整備もしちまうが、職人の腕にゃかなわねえし、ひと手間省けるんならありがたい」

駿平はカンテラの明かりに目をきらきらさせた。

「それじゃあ、光雄さん、今度トワ子さんに会うときに、あの研ぎ師と弟子のおじさんたちを紹介してもらってくださいよ。おじさんが梁山泊屋敷に来てくれたらいいなあ。おいらにも小刀の研ぎ方を教えてくれるって言ったんですよ」

「そうかい。そいつは楽しみだな」

まだふらふらしながら、泉助が、光雄と駿平のところまで追い付いてきた。

「鉄蔵さんといったあの人は、本当に研ぎ師でしょうか？」

光雄は首をひねった。

「どういうことだい？」

「あの人の手を見たんです。火傷の痕だらけでした。まるで刀鍛冶の手のようだと、私は思いました。私は、郷里では刃物を扱う職人の技を身近に見てきましたから」

「刀鍛冶の手か。そう呼びたくなるくらい、刀鍛冶ってのは、わかりやすい火傷を負うもんなのかい？」

「はい。刀鍛冶の仕事を見たことはありませんか？　鋼《はがね》を炉で熱し、真っ赤になったところを鎚《つち》で叩いて鍛えるのです。鎚で叩くと、鋼に交じった不純物が燃えながら四方八方に飛び散ります。その火の粉で、刀鍛冶は火傷を負うのです」

「なるほど。そういうことなら、確かに、ちょいと特徴のある火傷の痕ができて当然だな」

「刀鍛冶であることを隠して、研ぎ師を名乗っているのなら、どういう意図があってのことなのでしょうか？」

駿平は泉助を見上げ、たしなめた。

「そんな言い方、よくないですよ。弟子のおじさんからも、いろいろあったって聞きました。人はいろいろなんですよ。研ぎ師と名乗ったのだから、あの人たちは、今は研ぎ師なんです。そういうことにして呑み込んでおくのが処世術というものでしょう？」

泉助は虚を突かれた顔をし、ふっと笑った。

「あなたが正しいかもしれません」

空はすっかり暗い。だが、向島から本所まで、表通りにはガス灯がともっている。かつて江戸には町ごとに木戸が設けられ、ある刻限を過ぎると、すべて閉まったという。江戸の夜は暗かっただろう。そのぶん夜空の星明かり、月明かりは引き立っただろう。

光雄は川べりを見やった。

「夜桜だ。なかなか風流じゃねえか」

満開の桜が、あるかなきかの風に、はらはらと花弁を散らしている。

四．邂逅《かいこう》

四月に入っても、朝晩はなお寒い。今朝はうっすらと霜まで降りている。

昨夜、トワ子は向島の館を出ていってしまった。無理からぬことだった。宝刀数珠丸が血染めになった。何かひどく悪いものが館の中に入り込んだに違いなかった。

出ていったとはいえ、ひとまずは豆十三を連れてのことである。館から遠からぬ場所に宿を取った。一夜をそこで過ごし、トワ子は早朝に発《た》っていった。

トワ子を見送った豆十三は、ぶるっと震えた。鳥肌の立った腕をさすり、己を抱き締める。肌に触れる空気の冷たさより、心細さのために、豆十三は震えていた。

しばらくトワ子は向島を訪れないつもりのようだった。それもこれも人斬り刀のせいだ。

トワ子のいない館は、がらんとして、広すぎる。迷路のような館の奥まった部屋ともなれば、昼間でも薄闇がわだかまっている。見知らぬものがそこにうずくまっている気がして、豆十三は怯えてしまう。

豆十三がトワ子によって身請けされ、館の主に収まって二年余りになる。トワ子がなぜ豆十三を選んでくれたのか、トワ子に問うても、はぐらかすような答えしか返してくれない。

「わたしがあなたを選んだのではなく、あなたがわたしを必要としていたからですよ」

豆十三は、長唄も三味線も踊りも十人並の腕前に過ぎない。容貌はさほど悪くないが、秀でてもおらず、客の印象に残りにくい。

置屋にいた頃、落ちこぼれではないにせよ、稼ぎはぱっとしなかった。親がこさえた借金はあまりに多額だった。苦界に沈んで落ちるところまで落ちるしかないのだろうかと、来る日も来る日も思い悩んでいた。

トワ子に出会って、豆十三は救われた。トワ子は豆十三に居場所をくれた。豆十三を贔屓《ひいき》にしていた旦那たちは皆、今はトワ子の信者になった。それが豆十三には心地よかった。

だって、と豆十三は独《ひと》り言《ご》ちる。

「あたしは、爺《じじい》どもを相手に惚《ほ》れた腫れたのままごとをするのなんか嫌だったんだ。虫唾《むしず》が走るってやつさ。脂ぎった手も、皺くちゃの手も、気持ちが悪かった。それに引き換え、トワ子さまの手はあんなにもお優しい」

そっと豆十三の髪を直してくれる。頰に触れてくれる。幼子にするように、頭を撫でてくれる。豆十三が月の障りで青い顔をしていれば、痛むところを優しくさすってくれる。

豆十三が心を寄せたのは、いとおしくてたまらない相手は、後にも先にもトワ子ひとりだ。この想いを人に知られれば、道を外れた女だと後ろ指をさされるだろう。誰にも明かすつもりはない。結実せずとも想うことこそ純粋であると、豆十三は思う。

軋《きし》むような胸を押さえ、豆十三は、ほう、と息をついた。

トワ子のいない日々をこれからどうやって過ごそうか。豆十三は気が重くてならない。あの館で寝起きするのは、嫌だ。

血染めの刀も不気味だった。しかし、かと言って警官を呼び付けるべき事件でもあるまい。何も盗まれなかった。人も傷付けられなかった。このくらいのいたずらで大騒ぎをするものではない、と嫌味をぶつけられるのが落ちだ。

ふと、豆十三は外に出る用事を思い出した。己を励ますように、声に出して言った。

「そうだわ、トワ子さまのお人形。髪くらい梳《す》いてやらなきゃね。ほったらかしじゃあかわいそうだもの。あたしがちゃんとお世話してやらなけりゃ」

神社の祠に間借りした、電信用の西洋人形である。季節に合わせてドレスを替えてやるのも、豆十三が買って出た仕事だ。

豆十三は、髷に櫛《くし》を挿してあるのを確かめた。細い裏道を急ぐ。からころと涼しい下駄の音が、朝ぼらけの町に響いた。

神社はこんもりとした木々に覆われている。鉤形に折れた参道を進めば、奥はまたひときわ暗い。からころ、からころ。豆十三の下駄が鳴る。

ばさり、と頭上で音がした。豆十三は足を止めた。からすが飛び立ったらしい。黒い羽がひらひらと舞い落ちてきた。

そのときである。

巨大なものが勢いよく、木々の間から現れた。

豆十三は目を見張った。悲鳴を上げかけた口は、男の手によって塞《ふさ》がれた。たちまちのうちに、大柄な男によって羽交い締めにされている。凄まじく力が強い。豆十三の顔をがしりとつかんだ手は万力のよう。みしみしと骨が嫌な痛み方をする。

もう一つ、影のようなものが飛んできた。刃が朝日を浴びて光った。襤褸をまとった、人の形をしたものが、剝き出しの短刀を豆十三に向けている。

豆十三の目は短刀に釘付《くぎづ》けになった。切っ先は嘲笑《あざわら》うようにきらきらしている。短刀が豆十三に迫る。

襤褸をまとった頭が、押し殺した声を発した。

「あの太刀に恒次の銘を切ったのは誰だ？」

豆十三を羽交い締めにする手が緩んだ。豆十三は必死でかぶりを振った。

声は繰り返す。

「あれは無銘の太刀だったはずだ。あの恒次の銘は何だ？」

豆十三はかぶりを振った。何が何だかわからない。もつれる舌で答える。

「し、知らない……」

短刀が豆十三の目の前に突き付けられる。鋭い光が何もかもを見透かすようだ。豆十三の喉が干上がった。口をぱくぱくさせる。

嘲笑が降ってきた。豆十三をとらえた巨漢が、ざらつく声で笑ったのだ。

「無駄だ。この女、銘の意味もわかっておらんのだろう」

短刀の切っ先がふいと揺れた。

「じかに問うしかないか」

「ああ。明日の夜が好機とな。皆、あっさり教えてくれた」

「ここの館の使用人たちは口が軽い」

「違いない」

また嘲笑が降ってきた。正面にある短刀も、引きつるような笑いに合わせて、ぐらぐらと揺れた。

揺れはすぐに収まった。

「さて」

仕切り直すように、短刀を手にした襤褸のかたまりが言った。

次の瞬間、豆十三の体に熱が突き立てられた。熱の次に驚きが、それからようやく激痛が、豆十三の体を走り抜けた。

刺されたのだ。

豆十三は見下ろした。胸から短刀の柄が飛び出している。襤褸のかたまりが短刀を引き抜いた。

男は言った。

「兄貴の手を潰したのは、あんたの指示だったそうだな」

再び短刀が、今度は豆十三の腹を貫いた。えぐるようにして引き抜かれる。

豆十三の体が、とん、と後ろから押された。豆十三は一歩、二歩と前にのめり、三歩目で立ち止まった。喘《あえ》ぐ口から血があふれている。喉が血で塞がり、息ができなかった。

ひゅ。

風が唸《うな》る音がした。それが最後だった。

豆十三の首が飛んだ。

太刀を振るった巨漢は、さっと血汚れを払った。豆十三の首が参道に転がる。頭を失った体は崩れ落ちた。心臓の動きが鈍り、あふれる血の勢いが弱まる。

丁寧に短刀の血を拭った男が、襤褸の内側でつぶやいた。

「死体の匂いにも慣れたな」

巨漢がささやいた。

「そんなもんに慣れるのは、よくねえよ」

「今さらだって言ってるだろう。里も名も捨ててきたんだ。どこに行き着いたって、もうどうでもいい」

「そうかい。あんたはまだどうにかなるだろうに」

太刀の巨漢は、懐《ふところ》から取り出した数珠玉を豆十三の首に投げ付けた。でろりと伸びた舌の上に、血と土に汚れた数珠玉が乗った。


多忙な健次郎はなかなかつかまらない。教授室を訪ねても、講義や会議のために部屋を空けていることが多いが、この日は運よく机に向かって書き物に没頭していた。

碧一と光雄を部屋に通すと、健次郎は薄っぺらい雑誌を投げて寄越した。

「また出たそうだな。血染めの刀と人斬り刀、死体、数珠玉。しかも今回は我々とも無関係ではない」

碧一も光雄も既に同じ雑誌を読んでいた。

光雄は健次郎にうなずいた。

「血染めの刀のほうは、一昨日、泉助くんとうちのお嬢さんが一緒に目撃してますよ。向島にある、多摩峰トワ子のアジトの一つで」

「変わった取り合わせの二人だな。何があった？」

「ありゃ、まだお聞きじゃなかったです？」

「中村くんとは行き違いになっていてな。もうまもなく講義が終わる。終わればここに来るようにと、工学部の教授に伝言を託したのだが」

「なるほどね。いや、泉助くんはなかなかひどい目に遭ったんですよ。お嬢さんのたくらみに巻き込まれちまって」

光雄は、千鶴子の大胆な潜入作戦について、かいつまんで健次郎に報告した。駆け落ち寸前の恋人同士を装った話は、何度聞かされても、碧一はつい噴き出してしまう。

さすがの健次郎も苦笑いだ。

「いずれにせよ、二人とも無事に帰ってきてよかった」

「胆が縮み上がりましたとも。俺らもさんざん駆けずり回りました。なあ、ヘキ」

「ああ。今回は御頭も困り果てていたな。お嬢さんはしばらくの間、梁山泊屋敷から外に出ることを許されねえようだ」

健次郎は首肯《しゅこう》した。

「妥当な処遇だろう。梁山泊屋敷にいれば、身の危険もあるまい」

光雄は表情を引き締めた。

「さて、本題の人斬り刀のほうです。雑誌には名前が出ちゃいませんが、妖刀に殺された霊能力使いの芸者っていうのは、ここで実験をした豆十三さんでしょうね。実は俺も一昨日、向島で会ったばっかりだったんですが」

「何か変わった様子はあったかね？」

「いや、特には。気が強くて跳ねっ返りなところがかわいいかもしれんなと思ったところでした。死なれちまう前に仲良くしておくべきだったかな」

健次郎は沈鬱《ちんうつ》そうに顔をしかめた。

「手妻を霊能力と偽って人を惑わすのは感心せんが、悪人ではなかった。殺されたと聞くのはつらい。人斬り刀の事件、一体いつまで続くのか」

光雄は商売人の笑顔をこしらえた。

「近いうちに片付くかもしれませんぜ。核心に迫る足掛かりを得たんですよ」

「ほう。それは」

「多摩峰トワ子の用心棒を仰せつかりました。本日の夕刻、新橋停車場からどこぞまで護衛をする、とね。もし今夜、襲撃がないとしても、あの女のまわりをしばらく張ってりゃ、物騒な刀どもとすぐお近付きになれるでしょう」

「そうか。危険な仕事になるだろうが」

「そんなもんは百も承知です。なあ、ヘキ」

　碧一は舌打ちをした。

「俺のいないところで勝手に話をまとめてきやがって。働くのは俺だってのにな」

「いいじゃねえか。金払いのいい客だぜ」

「いけ好かない女なんだろう？　働き甲斐《がい》がない」

「ものをはっきりと言う、すらっとした美人だったぞ。顔を隠しちゃいたが、うっすら見えた影からすると、美人なのは間違いなかった」

「多少美人だから何だって？」

「おまえ、どんな女が相手でも、いけ好かないって言うよな。どれだけ理想が高いんだか」

　堅物の健次郎が珍しく混ぜっ返した。

「加能くんには、よほど忘れられん女性がいるのだろう」

「まさか」

　光雄は笑い飛ばした。なあ、と水を向けられた碧一は、しかし、表情を作りそこねた。

不意を打たれてしまった。古傷が疼《うず》いた。思わず、碧一は藤色の首巻をぎゅっとつかんだ。

いわく言いがたい間が落ちた。

碧一は、ふいと顔を背けて部屋の隅に座り込んだ。心音が速い。背筋がざわざわしている。貧乏徳利に手を付けたが、思い直して、酒を口に含むのはやめた。人斬り刀の襲撃は今夜かもしれないのだ。

光雄は健次郎に愛想笑いをした。

「相変わらず扱いにくいでしょう、こいつ」

「なに、かまわん。今のは私のほうが失礼をした。すまないな、加能くん」

碧一は応えに窮した。口を開こうとすると、言葉は出ず、代わりに舌打ちをしてしまった。

光雄の傍らには、布袋に入った三味線がある。健次郎は気になっていたらしい。弾けるのか、と問われ、光雄は肩をすくめた。

「自慢できるほどの腕とは言えませんがね。一応、ごまかし程度には弾いて歌えます。でも本当、ごまかすだけなんで」

光雄は布袋の口を開き、中身を取り出した。三味線にぴったりとくっつけた格好で、一振の打刀が現れた。黒い柄糸と鉄身の鞘がいかめしい。

「ああ、刀を持ち歩くためのごまかしか。それは、加能くんが藤田さんから借りた刀だな？」

「そうです。さすがに昼日中から長い刀を持ち歩いてたんじゃ、たちまち警官に取り囲まれちまいますからね」

「不便なものだな。貴君らは必要があるから刀を帯びるのだというのに」

光雄は三味線と刀をもとのとおりにしまい込んだ。

「まあ、刀を見せびらかして人を脅すやつが減ったのは、悪いことじゃあないんでしょうよ。俺なんかは、どうやって人の目を欺きながら武装しようかって、そのへんの知恵を巡らすのが楽しいんですがね」

ブーツにベルトにポケットに、襟巻と手袋と帽子。洋装は案外、小型の武器を仕込むのにもってこいなのだと、光雄は言う。袖や裾がばさばさと余らないのも、素早い動きが持ち味の光雄には都合がいいらしい。

コツコツと扉を叩く音がした。入りたまえ、と健次郎が許可すると、泉助が顔をのぞかせた。

「失礼します。講義が終わりました」

昨日今日と、碧一と光雄は泉助の大学の行き帰りを護衛している。大学構内は安全だろうという判断で、泉助が講義を受ける間、光雄は周辺の聞き込みをした。碧一も光雄に連れ回され、くたびれている。

健次郎はいささか人の悪い笑みを作ってみせた。

「中村くんは、梁山泊屋敷の御令嬢から気に入られたそうだな」

その途端、泉助は、色白な顔にぱっと朱を散らした。

「成り行きで、とんでもないことに巻き込まれてしまっただけです。かの御令嬢は本当にとんでもないのですよ。弓矢に手裏剣、スペンサー銃、ピストルと、的当ての練習を趣味になさっていて」

健次郎は眉を上げた。

「それは懐かしい。戊辰の役の折、会津武家の女たちは勇猛でな。鶴ヶ城に籠城《ろうじょう》する間、炊き出しや看護に駆け回るだけでなく、それこそ大砲を撃つ者、鉄砲を撃つ者もおった。飛んできた砲弾や銃弾の扱いは、男よりも長《た》けておったくらいだ」

「私も、鶴ヶ城籠城のお話はうかがっていますが」

「実際に目にすると度肝を抜かれるかな」

「今は戦時ではありません。女性は銃後の守りを担うべしと、最近では言われていますよ」

碧一はつい笑った。

「自分で銃でも剣でも使えるようになってから言えよ。少なくとも、うちのお嬢さんは、戦えねえ男のたわごとなんか聞いちゃくれねえよ」

　泉助はまた、むっと頰を染めた。

「戦いのやり方は、武器を執ることだけではないでしょう。私には私の戦い方があります」

「刀が好きなくせに、武器を執ることを嫌うかね」

「刀は、美しいではありませんか。刀は確かに武器ですが、ただの武器に留《とど》まらず、日本が誇る芸術品でもあります。何度説明させるのですか？」

　碧一は、やれやれと頭を振った。

まだ何か言いたそうな泉助に、光雄は先ほどの雑誌を差し出した。

「泉助くん、見てくれよ。一昨日あの館を案内してくれたのは、芸者上がりの色っぽい姐《ねえ》さんだったたって話だろう？」

「色っぽいなどとは申し上げていませんが。豆十三という人のことですね」

「豆十三姐さん、人斬り刀にやられたらしいぞ」

「えっ？」

　泉助は雑誌をひったくり、ざっと目を通していく。眼鏡の奥の双眸《そうぼう》が強張《こわば》っている。

光雄は声をひそめた。

「一昨日、向島の館で、おかしなことに気付かなかったかい？　何でもいいんだ。引っ掛かったことがあれば、何でも」

「いえ、特には……一昨日は何もかもが異常で異様でしたから」

「豆十三さんは、怯えちゃいなかったか?」

「そんなふうには見えませんでした。多摩峰トワ子のそばにいれば安心だとでも言わんばかりに自信満々で、同席した研ぎ師に対しては見下す態度を取っていて、私にはそれが不愉快でしたが」

碧一が、あ、と声を上げた。まっすぐな目で泉助を見る。

「研ぎ師だ。あんた、研ぎ師の野郎を変だと思ったたって言ってただろう?」

「変とは申していません。火傷だらけの手をしていましたから、研ぎ師ではなく、刀鍛冶の手のように見えた。そう言ったはずです。それが何か?」

碧一の頭の中で、ぱちんと小気味よく弾ける音がした。引っ掛かり続けていた謎が解けた気がする。

「そいつが刀鍛冶だとしたら、なぜ研ぎ師と名乗るんだ?」

「仕事がないのではありませんか? 今、刀を新たに打ってほしいという依頼は、ほとんどあり得ない。軍用サーベルの需要だって、武士の時代に比べれば、圧倒的に少数でしょうから」

「そうじゃねえかもしれねえぞ。刀鍛冶は、品を客に渡せばそれで終わりだ。研ぎ師はどうだ？」

光雄は、はっとした。

「刀は手入れしてやらなけりゃ、曇ったり錆びたりする。研ぎや手入れを代行してくれる職人がいれば、刀の蒐集家はお得意さんになるだろう。刀の蒐集が趣味って連中は、自分の手を動かしたくない金持ちが多いからな」

「ああ。刀の扱いについて何でも相談に乗りますって研ぎ師なら、刀のある蔵にたやすく入り込めるんだよ。刀に血染めの細工をするのも簡単だ」

光雄は指を鳴らした。

「ヘキ、冴えてるじゃねえか。その線、あるかもしれねえ。調べてみるか」

碧一は、ふんと笑って立ち上がった。

「何にせよ、勝負は今夜だ。多摩峰トワ子の近くを張ってりゃ、きっと答えが出る」


午後七時を過ぎると、新橋停車場を行き交う人波もいくぶん落ち着いている。

昼間の新橋停車場は物見遊山《ゆさん》客でごった返す。田舎から上京してきた彼らは、この新橋停車場から路面電車に乗り継いで、東京の桜を詣でるのだ。一斉に咲く染井吉野は散り際だが、山桜は気まぐれなもの。満開の木を探して回らねばならない。

新橋停車場は東海道本線のターミナルである。掲示された発車時間表によれば、沼津や大垣、神戸、遠くは下ノ関とを結ぶ汽車が走っているらしい。

横浜からの汽車が到着した。

光雄は一人、木造石張りの駅舎の中で、トワ子が降りてくるのを待っていた。

トワ子は乗客の群れの最後尾に現れた。護衛はおらず、駿平と同じ年頃とおぼしき少年に荷物を持たせている。鍔の広い帽子の下で、美しいであろう顔は、相変わらず暗色のヴェールで隠されていた。

光雄はひょいと身軽に頭を下げた。

「こんばんは。お待ちしておりましたよ。道中、何事もありませんでした？」

「御心配、痛み入ります。ここまでは何も。人斬り刀が出るのは東京だけのようですね」

「人斬り刀といやあ、豆十三さんが死にましたね」

「うかがいました。わたしのもとにも警視庁から知らせが来ましたから。豆十三もさぞや恐ろしい思いをしたことでしょう。哀れです」

トワ子の声は美しく、作り物めいていた。哀れだと謳《うた》った響きが本物なのか、光雄には判断しがたかった。

「あんたは？　あんた自身は恐ろしくないんですかい？　東京に出てくれば、人斬り刀に殺されるかもしれない。そうは思いませんでした？」

トワ子はゆるりとかぶりを振った。

「梁山泊屋敷の用心棒を雇いましたもの。御提案したのはわたしですよ。今宵はわたしが囮《おとり》になりますから、人斬り刀をおびき寄せ、返り討ちにいたしましょう」

光雄は帽子の角度を直した。

「度胸がありますね。きっとお守りしますよ。車は外に？」

「ええ、馴染みの車夫を呼んであります。車まで荷物を持ってくださいます？　この子はこのまま、横浜へ帰しますから」

「がってんです。こんな坊やまで、やっとうに付き合わせちゃ、こっちも気が引けますからね。坊やは一人で汽車に乗って帰れるのかい？」

光雄は少年に微笑みかけたが、少年は曖昧《あいまい》な表情だ。トワ子は何ごとかを少年に言った。少年は短く応答し、今度ははっきりと微笑んで光雄に荷物を差し出した。

「よろしく、おねがい、します」

少年の言葉はたどたどしかった。それでようやく、光雄は察した。

「日本人じゃなかったのか」

トワ子は答えた。

「血筋で言えば、少なくとも半分は日本人ですが、アメリカで育ったのです。英語しか話せないのですよ」

「日本語は勉強中?」

「ええ」

「じゃあ、大したもんだ。坊やは、よろしくって言えるんだもんな。俺は英語でそんなこと言えないぜ」

トワ子がそれを少年に伝えてやると、少年は嬉しそうに笑顔になった。ぺこりとお辞儀をし、踵を返して汽車のほうへ駆けていく。

光雄はトワ子に向き直った。

「あんた自身の子じゃあないんでしょう?」

「ええ、養い子です。引き取っているのはあの子ひとりではありませんから、なかなか目が届かず、歯がゆく思うこともありますね」

「そりゃあ大変でしょう。面倒見がいいんだな。ずいぶん金もかかるだろうに。いや、品のない言い方をして申し訳ないが」

トワ子は涼やかに笑い飛ばした。

「いいえ。夢物語ばかり説くような理想論者より、世知辛い言葉を吐く現実主義者のほうが信用できます。この世界は、正義の白と悪の黒などという、わかりやすい仕組みで出来上がってなどおりませんから」

「勝てば官軍、負ければ賊軍って言葉もありますよ。勝ったほうが真っ白の正義を名乗って、負けたほうを歴史の闇に葬っちまうんだ」

「ですから、勝者など出ないほうがよろしいのではありませんか。先の戦争、日本はロシアを破ったことになっていますが、賠償金を取ることはできなかった。痛み分けです。そのくらいがちょうどよい均衡なのでは？」

光雄は肩をすくめ、油断なくあたりを見回した。

「そのへんにしときましょう。警官や軍人や思想家にでも聞かれちゃ厄介な話だ」

「そうですね」

「参りましょうか。行き先は？」

「麻布十番。山の手のほうです。道は車夫が了解しております。車夫の命もお守りください」

「承知しましたよ。そのぶんのお代は十分にいただいてるんでね」

駅舎を出ると、ガス灯に電灯、カンテラに洋灯、そして星明かりに月明かりが、町と線路を照らしている。夜がもっと更けてから訪れる汽車、走り去る汽車もある。

「眠らない町か」

「ええ。東京という都市はずいぶん成長しましたね」

夜風に埃が交じっている。新しい駅舎を建てているせいだ。日露戦争が終わってから、鉄道敷設の熱がますます高まった。電気会社各社の利権も絡んで、あちらでもこちらでも開発競争が著しい。

新橋停車場は、日本で最も肝要な停車場の座をもうすぐ明け渡すらしい。ここより北、古くは御曲輪内《おくるわ》と呼ばれたあたりに、煉瓦《れんが》造りの巨大な中央停車場が建設されている。

トワ子が人力車に乗り込んだ。車夫と荷物持ちの付き人はなかなかに屈強な体格をしている。

光雄は車夫と付き人に告げた。

「何ごともなけりゃそれでいいが、もし襲撃を受けたら、俺の指示に従ってもらう。まあ、じっとしててもらえればそれでいい。勝手に逃げ出すなよ。下手《へた》なことをされると、守れるもんも守れなくなっちまう」

車夫と付き人は強張った顔でうなずいた。人力車の幌《ほろ》がトワ子の姿を半ば隠している。

背後の暗がりから、すっと碧一が姿を現した。肩に三味線の布袋を引っ掛けている。むろん、その中には刀が隠してある。

人力車が動き出した。車夫の傍らに光雄が、車の後ろに碧一が、黙って付き従う。

芝の夜風は磯の匂いがした。右手には増上寺《ぞうじょうじ》、左手には離宮の木々が黒々と闇に沈んでいる。その中にぽつぽつと白っぽいものが交じっている。桜だ。

一行は海を背に、麻布を目指した。

旧幕時代、この一帯には大名屋敷や武家屋敷が置かれていた。御一新の後、広い敷地はそのまま、大使館や大会社、学校などに転用された。今では洋風建築が多く立ち並んでいる。石畳を踏めば、人力車の轍《わだち》を足裏に感じることもある。

人のいないほうへ、明かりの少ないほうへと、人力車は進む。トワ子を招いた相手は、山の手でも小高い一等地に屋敷を構えているらしい。

頭の中の地図を改めなけりゃならねえな、と光雄は思った。新しい建物が多い。自分がどこを歩いているのか、すぐそこに見えている洋館は何の施設なのか、一つ先の角を曲がったら誰の屋敷に着くのか。自問に確かな自答が出せず、じりりとして冷や汗が湧く。

冷や汗の理由には、また別の要因もある。

気配があるのだ。付かず離れず、見張られている。間違いあるまい。耳を澄ますと、足音が聞こえるときがある。

車輪が石畳を噛む音が邪魔だ。もっとはっきりと探りたい。

角を折れる。ひときわ細い道だ。上り坂で、ゆったりと曲がっているから見通しが利かない。

この一角は妙に古めかしい。武家屋敷だった頃の面影がそっくり残っている。屋敷跡は垣根が破れ、半ば崩れた門がそのままに捨て置かれていた。庭の桜が垣根を押しのけ、枝垂《しだ》れた花を道のほうへ投げ掛けている。

何かが、動いた。

光雄は鋭く命じた。

「車、止まれ。じっとしてろ」

光雄は車夫の手元からカンテラを奪った。

闇がひとひら、剝《は》がれた。太刀が光を反射する。襤褸をまとった巨漢の姿は、太刀より遅れて視認できた。

碧一が滑るように近付いてきた。光雄に耳打ちする。

「二人だ。でかいのと、あいつの後ろに、もう一人いる」

「ああ」

「光雄はここで守れ。でかいのを仕留めてくる」

「明かりは？」

「ここから動かすな」

「わかった」

碧一は貧乏徳利を地に置いた。既に刀を手にしている。三味線の布袋をぽいと光雄に放って寄越した。

さあっと風が吹き抜けた。碧一の髪が風にそよぎ、額まであらわになる。きりりと吊り上がった眉。燃えるような目をしている。

こいつ、本気だ。光雄は不意に悟った。殺すつもりだ。

「へキ」

「何だ」

「心置きなくやれ。後始末は心配するな」

根回しはしてきた。梁山泊屋敷の主の弟は警視庁の内部に深く入り込んでいる。斬殺死体の一つや二つ、何とでもごまかせる。今までそうしてきた。そうでないやり方を、光雄は知らない。

碧一はまっすぐに進み出る。その背中を横目に見ながら、光雄は、両脚のブーツに隠した短刀を抜いた。左右の手に構える。

襤褸の巨漢は、太刀を八双《はっそう》の構えに振りかぶった。

一本道。桜の古木。

碧一は鯉口《こいぐち》を切った。と同時に地を蹴った。

駆ける。たちまち距離が詰まる。巨漢もまた動く。いかずちのごとき太刀の一閃《いっせん》。碧一の抜き打ちが迎え撃つ。

光雄の耳が音を感じたとき、既に刀は打ち合わされている。

碧一は振り抜いた。太刀が揺らいだ。碧一はすかさず第二打を繰り出す。鉄身の鞘を叩き付ける。

巨漢の上腕を鞘が打った。ぼぐっ、と鈍い異音がした。破損したのは防具か、あるいは骨か。

碧一は身を翻す。鞘を巨漢の顔めがけて投げる。咄嗟に巨漢は身を反らす。躱《かわ》した先が碧一の罠だ。

刺突《しとつ》。

太刀の防御をかいくぐり、碧一の刀が襤褸を裂く。苦痛にくぐもった声。碧一は再び突く。刀が鎬《しのぎ》を削り合う。

火花が散った。

碧一は攻める。縦横無尽の斬撃を放つ。速い。碧一は、構えずにいきなり振るのだ。力みも淀《よど》みもない、流れるような剣筋である。巨漢は辛うじて防いでいる。明らかに碧一が押している。

強い夜風が吹いた。

桜花が散った。

碧一の髪が、ざっと舞った。横顔が静かに笑った。

示し合わせたかのように同じ呼吸で、碧一と巨漢は動いた。電光石火の応酬である。

裂かれる夜風が悲鳴を上げる。

碧一の唇から鋭い気迫がほとばしる。藤色の首巻が跳ねる。軍靴が土を蹴り上げる。

太刀の猛攻を一閃にして薙《な》ぎ払うと、玉の汗が弾けた。

巨漢は叫んだ。もののけの咆哮《ほうこう》ではない。人の声に相違なかった。人であることを捨てるための絶叫だった。

何気ないほど軽やかに、碧一は踏み込む。巨漢の太刀が唸りを上げる。碧一は応じる。刀が打ち合う。甲高い音、鍔迫《つばぜ》り合い。至近距離で碧一は敵と睨み合う。

光雄は理解した。

「あの境地に入ったら、見ずに済むのか」

日頃の碧一は切っ先を恐れる。箸の先も指先ですらも嫌う。しかし今、目でとらえるのとは違うものを碧一は感じ取り、動いている。

「もとからふてぶてしいあいつが、今こそ真の怖いものなしってわけだ」

鍔迫り合いから、互いに互いを弾き飛ばす。体勢を切り返すのは碧一のほうが速い。斬る。巨漢は体をねじって躱す。ぐらりと斜めにかしいだところを、碧一は蹴った。

巨漢は後ずさった。その背が桜の古木にぶつかった。

ざあっと桜花が舞った。

すかさず、碧一は突いた。太刀が応じる。わずかに軌道がそらされる。

血がぱっと散った。巨漢の肩が裂けた。太刀が揺らいだ。

碧一はさらに攻める。斬撃。太刀が受ける。勢いを止めきれず、太刀は打ち払われる。切っ先が土に汚れる。

いま一人の男が悲鳴じみた声を上げた。

「赤錆！」

それが巨漢の名なのか。巨漢はちらりと反応した。

赤錆は太刀を八双に構えた。いや、構えようとした。血を流す肩が、がくりと垂れる。震えた太刀の先が桜の枝をくすぐった。

八分に開いた桜花が、はらりと落ちる。

碧一は斬撃を放った。太刀が受けた。一瞬食い止め、そして太刀は跳ね飛んだ。碧一はすかさず斬った。

袈裟懸けに剣光が走った。

噴き出す血の勢いに押され、赤錆はよろめき、後ろざまに倒れた。桜の木にぶつかる。花弁が舞い降る。

赤錆の襤褸の隙間《すきま》から数珠玉が転がり出た。傷口がとめどなく血を流す。桜の花弁が血に触れ、見る間に赤く染まる。

碧一は赤錆に切っ先を突き付けた。

襤褸がほどけ、存外老いた顔と真っ白な蓬髪《ほうはつ》がのぞいていた。赤錆は嗤《わら》った。乱杭《らんぐい》歯《ば》が剝き出しになった。赤錆の体の下に血だまりが広がっていく。

いま一人の男は、ふらりとしてへたり込んだ。赤錆は彼を見ていた。乱杭歯の口が何かを伝えたそうに動いた。その目から急速に光が失《う》せた。

碧一はまだ刀を下ろさない。赤錆はもう動かない。

「赤錆が、死んだ」

つぶやいた男は、立ち上がった。

男は赤錆から顔を背け、トワ子の乗る人力車を睨んだ。襤褸に包んだ刀とおぼしきものを背負っている。それとは別の、ごく短い刀を、男は抜いた。

碧一がちらりと男を見た。

光雄は進み出た。

「へっぴり腰で刀なんぞ持っちゃいけねえよ、兄さん」

光雄は短刀を振るった。刀身をかつんと打ってやるだけで、男は刀を取り落とした。光雄は無造作に男の胸倉をつかんで引き寄せると、顔を覆う襤褸を取った。

年の頃は四十ほどか。見たことのある顔だ。いつ、どこで？

光雄はすぐに思い当たった。

「ああ、研ぎ師だ。あんた、ウィルソン先生のところに出入りしていただろう」

研ぎ師は顔を引きつらせた。

「なぜ……」

「物覚えにはちょいと自信があるんだよ。覚えてるぜ。もしかして、一昨日、多摩峰トワ子さんのところを訪ねて数珠丸が血染めになってるのを目撃した研ぎ師ってのも、あんたじゃないのかい？」

研ぎ師の目が唐突に爛々《らんらん》と光った。

「数珠丸ではない！」

血を吐くように叫ぶと、研ぎ師は光雄につかまれたままもがき、背負った刀を腕に抱いた。研ぎ師は人力車のほうへ詰め寄ろうとする。

「おい、あんた」

光雄は研ぎ師を羽交い締めにした。男はただまっすぐ、人力車の幌に隠されたトワ子に向けて怒鳴った。

「本物の数珠丸ではない！　これは本物じゃないんだ！」

光雄は耳を疑った。

「本物じゃない？」

「手前が打ったのは無銘の太刀だ。数珠丸を写した、無銘の太刀だった。何だ、この銘は？　誰がこんな偽りの銘を切った？　こんなことをしては、この太刀は写しではなく、贋作《がんさく》になってしまう！」

「どういう意味だ？」

研ぎ師はぱくぱくと口を開閉し、浅い息をただ吸っている。頭に血が上るあまり、呼吸ができなくなったのだ。

光雄は、研ぎ師を拘束する腕に力を込めた。

「話は、落ち着いてから聞こうか」

首の太い血管を絞めると、研ぎ師はたちまちぐったりした。その腕から、布にくるまれた刀が落ちる。光雄は、気を失った研ぎ師を地面に横たえた。

ひそやかな笑声が夜道を這った。トワ子が笑っている。

「刀は、人に使われるために生み出されるものでしょう。人の役に立ってこそ価値があるものです。それゆえの数珠丸でしたのに、水を差されました。人斬り刀の噂が立っては、どうしようもありませんね」

低く落ち着いた、歌うような声である。

碧一が、はっと振り向いた。燃え立つような闘志は消え去っていた。驚きだけが碧一の顔にある。

トワ子が幌から身を乗り出した。手にしていた袋を放る。かちゃり、と袋の中で金属がぶつかり合う音がした。

「護衛の任、御苦労さまでした。そちら、お受け取りくださいね。さあ、車を出しなさい」

トワ子に命じられた車夫は、つんのめるように動き出した。付き人はカンテラを拾い上げ、慌てて追い掛ける。カンテラの明かりと車輪の音が遠ざかろうとする。

ひときわ強い風が吹き、ざあっと、桜花が舞った。碧一の唇に花弁が触れた。その唇が動いた。

碧一は叫んだ。

「待て!」

光雄は目を見張った。碧一が叫ぶなど、記憶にある限り初めてだ。気《け》だるげにぼそぼそとしゃべるばかり。機嫌を損ねれば、声を荒らげるより、ぷいとどこかへ行ってしまう。その碧一が叫んだ。

人力車がゆるゆると止まった。出しなさい、とトワ子が命じるのが聞こえた。動き出そうとした人力車に向けて、碧一が再び声を張り上げた。

「待ってくれ、ふじ乃さん！」

気迫に打たれた車夫は足をもつれさせ、転んだ。人力車が止まった。車夫は腰でも抜かしたのか、立ち上がらない。

碧一は一歩、踏み出した。

「多摩峰トワ子なんて名前じゃないだろう？　ふじ乃さんだろう？　俺を見忘れたか？」

動かない人力車から、トワ子は音もなく降り立った。暗色のヴェールを下ろした顔は夜の闇に溶けている。

碧一は藤色の首巻をつかんだ。

「ふじ乃さん……」

「どちらさまでしょう？」

凛と響いたトワ子の声に、碧一はびくりとした。まっすぐにトワ子のほうを見ている。脱力して隙だらけだ。

「おい。どうした、ヘキ？」

ささやいて問うた光雄のほうを向きもせず、碧一は首巻をむしり取った。喉をざっくりと横切る古傷を剝き出しにして、碧一はもう一歩、トワ子のほうへ近付いた。

「俺は、碧一だ。加能碧一。あんたと最後に会ったのは、俺が陸軍士官学校の士官候補生だった頃。あんたにこの傷を付けられたときだ」

光雄は息を呑んだ。

碧一の首にあるのは、深く大きな裂傷の痕だ。女に付けられた傷だと、おぼろげに秘密を明かされたばかりだった。

士官候補生が女と会い、その女に殺されかけた。醜聞は士官候補生の将来を閉ざしただろう。

トワ子は、碧一にとって憎んでしかるべき相手であるはずだ。しかし、碧一は刀を構えるでもない。無防備なまま、トワ子のほうへまた一歩、足を進める。

「ふじ乃さん、俺はあの後、あんたが死んだと聞いた。引き金を引いた記憶がある。俺があんたを死なせたんだと思っていた」

トワ子は一つ、頭を振った。肩で切り揃えられた髪が弾んだ。ほのかな明かりを反射し、髪がつやつやと光った。

「撃たれる覚悟はありました。もっとも、かすめただけに過ぎませんが」

トワ子は、ヴェール越しに己の頬に触れた。声を殺して笑う女の息遣いが、夜の闇の中を這った。

「やっぱり、ふじ乃さんなんだな？　生きていたんなら、知らせてほしかった」

「おかしなことを言うのですね。わたしのほうこそ、あなたが死んだとばかり思っていたのですよ。この手で殺したのだと」

「なぜ？」

「あなたを殺そうとした理由ですか。今さらそれを知ってどうするのです？」

「俺は……」

トワ子は右手を正面に突き出した。その手に、いつの間にか、ピストルが握られている。

「近寄らないでいただきましょう。わたしも暇ではないのです。今宵、これから用事がありますので」

銃口は碧一に向けられている。碧一は、むずかる子供のように頭を振った。

「俺は全部知りたい」

「知って、わたしを断罪するおつもりですか」

「違う。違う！」

「では、何なのです？」

「ふじ乃さん、俺は、あんたが生きていると知って驚いて……驚いて、そして、嬉しいんだ。ただそれだけ。また会いたかった。本当に、それだけのことなんだ」

光雄のところから碧一の顔は見えない。が、碧一が微笑む気配を、光雄は感じた。

碧一は吸い寄せられるように、トワ子のほうへ足を進める。臆病そうに、ゆっくりと。碧一とトワ子のまなざしは互いに結ばれ合い、少しもそらされない。銃口は碧一を狙ったままだ。

トワ子がついに言った。

「止まりなさい。こちらへ来ないで」

乾いた声だった。人に命じることに慣れた、淡々とした態度だ。

碧一は歯向かった。

「撃ちたけりゃ撃てよ。俺を殺したかったんだろう？　今、果たしてみろよ」

一切の迷いが碧一の背中から消えた。踏み出す一歩が大きくなる。

トワ子は声を立てて笑った。

「思い出しました。あなた、そういう向こう見ずな少年でしたね」

トワ子は一度、ピストルを下ろした。そして、銃口を己のこめかみに向けた。指は引き金に掛かっている。

碧一が立ち止まる。

「何を……」

「そこから動かないで。近寄るなら、引き金を引きます」

「馬鹿なことを」

「どうしました？　あなたこそ、わたしを殺そうとしたではありませんか。今、果たしてみてはいかがです？」

「違う。あれは違うんだ」

「うっかり撃ってしまっただけでした？　あなたの本能は正しい判断をしましたよ。あのとき、わたしは間違いなくあなたの敵でしたから」

「敵……どうして？　ふじ乃さん、俺は……」

「端的に言えば、あなたは邪魔でした。わたしの仕事と信条が、あなたのそれと対立してしまう。そう予測されました。ですから、消えてもらおうという判断になりました」

　トワ子はくすくすと笑っている。一歩二歩と、後ろざまに離れていく。足音が立たない。その身のこなしは、素人《しろうと》ではない。

　碧一は動かない。否、動けない。

　光雄でさえ、手を出しかねている。怖い女だと思った。トワ子は目的を果たすため、人の命も、己の命さえも平然と賭けるのだ。生死を分かつ交渉にひどく慣れている。

　トワ子は人力車の座面から小さな鞄を取り出した。

「御縁というより、これは因縁でしょうね。加能碧一さん。二度と会うこともあるまいと思っていましたが、会ってしまったものは仕方ありません。梁山泊屋敷の俠客ですか。またお目に掛かることもあるかもしれませんね。お互い、生きていれば」

光雄は寒気を覚えた。

トワ子は、手にした鞄を投げた。

瞬間、光雄は体が勝手に動いていた。棒立ちの碧一に飛び付いて組み伏せる。

鞄が地面に落ちた。その衝撃が引き金だったのか。

爆発した。

鞄が弾け飛んだのだ。轟音《ごうおん》と共に煙が吹き上がった。光雄は目を閉じている。火薬の匂いがする。熱は感じない。

目くらましだ。

気配を読みながら、光雄は目を開けた。どこも痛くないことを確かめて立ち上がる。

「ヘキ、大丈夫か?」

碧一は上体を起こした。へたり込んだ格好のまま、光雄を見上げる。途方に暮れた顔をしていた。

「俺は……」

光雄はあたりを見渡した。

煙が引いていく。

腰の抜けた車夫もろとも、人力車が引っくり返っている。付き人も倒れ伏し、呻いている。

夜風が吹き、煙が流れ、桜の花弁が舞う。死体と血染めの太刀が転がっている。研ぎ師が気を失っている。

トワ子の姿はどこにもない。

「行っちまったみたいだな。逃げ足が速い」

碧一は目を伏せた。

「……すまん」

「らしくねえことを言うな」

光雄は藤色の首巻を拾った。埃をはたいて碧一に差し出す。碧一はうつむいたまま、首巻を受け取った。

「どうすればいいんだ」

「そこで伸びてる車夫にでも尋ねれば、彼女が行った先はわかるかもしれんぞ。追い掛けるか？」

碧一は首を左右に振った。

「今は何もしたくない。追っても、勝てねえよ」

「確かにな。おまえより彼女のほうが一枚も二枚も上手だ。まあ、生きてりゃまた会えるだろ。幸か不幸か、あんたの大事なふじ乃さんは、こっち側の人間だ」

「こっち側？」

「命のやり取りにずいぶん慣れている。社会の裏側で生きている人間だ。そうだろ？」

碧一はひときわ深くうつむいた。うなずいたのかもしれない。長い髪が幕のように下りて、碧一の顔を隠した。

光雄は、さきほどトワ子が放った報酬の袋を拾い上げた。目くらましの小爆弾の影響は被っていない。袋の中身は金属の粒だった。一つをつまんで月明かりに掲げる。おそらく金だ。

火薬の匂いが薄れると、夜風に血臭と死臭が漂っている。いずれ誰かが赤錆の死体を見付けるだろう。

斬殺死体のそばに数珠玉が落ちている、これが最後の事件だ。梁山泊屋敷からの根回しに従い、警視庁はこの事件の捜査をしない。犯人不明のまま、事件は闇に葬られることになる。

貧乏徳利が地に転がっている。持ち重りのするそれを、光雄は碧一の前に置いた。

「ほら、さっさと帰るぞ。さっきの音に呼ばれて人が来たら厄介だ」

碧一は黙って貧乏徳利に手を伸ばした。刀を光雄に押し付けると、勢いよく酒を呷った。

畳の上に布を敷き、そこに一振の太刀を横たえている。

太刀の拵はすべて取り払われていた。拵とは、刀身を保護する鞘と鎺《はばき》、人が握るための柄、柄と刀身の境に嵌《は》める鍔などの総称だ。

拵をまとわない刀は、すらりと美しく成形されたひとかたまりの鋼である。

刀身には、得も言われぬ模様が織り成されている。刀がまだ玉鋼であった頃、熱せられては打たれ、畳んでまた打たれ、焼いて急冷せられ、そうやって少しずつ形を見出される中で模様は生まれる。地鉄も刃文も、刀派ごとに共通した特徴こそあれ、まったく同一のものは存在しない。

柄の芯となるべき部分は茎《なかご》という。茎には刀工の銘が切られているものも多い。特別に由来があれば、刀工の名と共に銘として切りもする。鑑定による「折紙」がここに刻まれることもある。

今、長屋の一室の真ん中に置かれた刀は、錆びた茎の目釘穴のすぐ上に、二文字、銘が切られている。

泉助は、ざらざらした茎に顔を寄せ、銘を判読した。

「恒次、とありますね」

光雄の部屋である。光雄と泉助と、話を聞いて早朝から駆け付けた五郎翁が、刀を取り囲んで座っている。碧一はそっぽを向いて上がり框《かまち》に腰掛けている。

いま一人、男が部屋の隅で膝を抱えていた。男は虜囚だった。右手と右足を短い縄でつながれ、その縄を柱に括《くく》られている。立つことはもちろん、居住まいを正すことさえできない。

男は鉄蔵と名乗った。研ぎ師を自称することをやめ、本当は刀鍛冶であると白状した。暴れも抗《あらが》いもせず、魂が抜けたかのように従順だった。

その鉄蔵が突然、豹変《ひょうへん》した。泉助が銘を読み上げた途端、充血した目を、かっと見開いたのだ。鉄蔵の体がわなわなと震え出した。

「恒次は、青江派の刀工の名です。天下五剣の一振、数珠丸を打った名工として知られている。でも、その銘は偽物です。なぜなら、その刀を打ったのが手前と手前の兄だからだ！」

光雄は首をかしげた。

「鉄蔵さんが打ったってのはいつだ？」

「三年前に依頼を受け、完成したのは去年の夏でした」

「茎といううんだっけ。この部分、えらく錆びてるじゃないか。だいぶ古そうに見えるんだが」

噛み付かんばかりの勢いで、鉄蔵は猛然と声を上げた。訛りがきつくなると、碧一にはよく聞き取れない。

　泉助が手のひらを掲げ、少し黙って、と示した。

「鋼の錆の細工くらい、簡単ですよ。例えば、ある程度の濃度の塩酸を掛けてやればいい。急速に鉄が酸化して腐食生成物が発生しますから」

「すまん。何だって？」

「酸を掛けるのです。ただそれだけ。あっという間に錆びますよ」

「へえ。そんなもんか」

「とはいえ、七百年ほどの時を経て錆びた鋼と、酸を用いて錆びさせた鋼と、私は見比べたことがありませんから、この太刀の茎の錆び具合をどう評価すべきか判断できません」

　五郎翁は、下に敷いた布ごと太刀を持ち上げた。天窓から差す朝の光に刀身をかざし、嘆息する。

「墨肌だな。古い青江の刀に現れるという、この色味。地鉄がうっすらと青く、ふつふつと、細かな星のような斑が散っている。見事なものよ」

　泉助は眼鏡のつるに手を触れた。

「ええ。本物の古青江だとしても、そうでないとしても、美しい一振であることには間違いありません。ところで、この太刀、刃が一切、研ぎ減っていませんね。伝承のとおりなら、数珠丸は寺に奉納されたきり何も斬っていませんから、研ぎ減るはずもないのですが」

鉄蔵は激しく頭を左右に振った。

「違う！　奉納されていたからではない。この刀は新しいから、まっさらなんです。打って一年も経《た》っていないんです。だから、汚れも曇りも刃こぼれもないんです！」

五郎翁はじっと鉄蔵を見つめた。

「この太刀は数珠丸の贋作か？」

「違います。贋作などではない。手前どもは、贋作を打ったわけではありません」

「ならば、何だ？」

「写しです。写しを作れと依頼されました。青江に伝わる数珠丸の姿かたちのとおりに、失われた太刀を打ってみせろと、そんな依頼を受けたのです」

「依頼とは、誰から？」

ぐしゃぐしゃに顔を歪めた鉄蔵の目が、涙でぎらりと光った。

「多摩峰トワ子。あの女の霊力を高めるために、数珠丸の写しを作れと言われました。これは贋作ではなく、写しです。それをあの女が……！」

ああ、と五郎翁は目を伏せた。手にしていた太刀を、そっと下ろした。

「鉄蔵さん。あんたが憎んだものの正体がわかった」

泉助は、はっとしたように五郎翁を見やった。鉄蔵は両の拳を固め、震わせている。

碧一と光雄は視線を交わした。光雄は首をかしげ、鉄蔵に問うた。

「すまん、俺はちっともわかってないんで、鉄蔵さん、教えてくれないか？　写しは、贋作とは違うんだな？」

「違います。どちらも、手本とする名刀を模倣して打つものではありますが」

「どこが違うんだ？」

「贋作は、名を騙《かた》るものです。贋作に切られる銘は、それを打った刀工自身ではなく、真作の刀工の名です」

「そいつは理解できる。写しは？」

「刀の打ち方の一つです。名刀を模倣することで、いにしえの優れた技を学び取る。模倣しながらも、己の持ち得る技をすべて注ぎ込んで、新たな傑作を目指す。写しは、贋作ではありません。一つの真作として、写しは、誇るべき作品なのです」

鉄蔵の声が揺れた。食い縛ろうとした歯が、がちがちと鳴った。こらえきれない嗚咽が、瘧《おこり》のように鉄蔵の体を震わせる。

泉助が言葉を添えた。

「贋作を打った刀工は名を騙りますが、写しの傑作を打った刀工は自らの名を銘に切ります。模倣のもととなった本歌の名を添え、自らの刀の出来を誇るのです」

　光雄は太刀を指差した。

「でも、この太刀には恒次の名が入っちまっている。鉄蔵さんと兄貴が打ったにもかかわらず、だ。形だけ見りゃあ贋作と同じ。それがあんたには耐えられないってことかい、鉄蔵さん？」

「これは贋作ではない。写しだ。数珠丸を復元した写しだと、確かに言ったのに……」

　泉助は身を乗り出した。

「あなたがた兄弟は銘を切らなかったのですか？」

「切りませんでした。無銘の太刀を納めました」

「なぜです？」

「寺社に奉納する刀は無銘にする伝統があります。神仏は何もかもを見通しておられるのだから、わざわざ銘を切って名を告げる必要はない。それと同じように、多摩峰トワ子は神聖な存在だから無銘でと、そう請われたのです」

　光雄は、ぱちんと指を鳴らした。

「やっと全部わかったよ。この刀、無銘なのをいいことに、勝手に恒次の銘を切られたんだ。古めかしく見せかける細工までしてさ。多摩峰トワ子は、最初からそのつもりで、鉄蔵さんたちの銘を切らせなかったんだろう」

泉助は拳で畳を打った。

「刀への冒瀆《ぼうとく》です。銘を偽って数珠丸に見せ掛けるだなんて、歴史や文化そのものをけがす行為です。刀とそれが担う由縁《ゆえん》や物語を保護し保存することがどれだけ難しいか、わかりもしないくせに、何て身勝手なことを」

鉄蔵は体を丸めて畳に転がり、血を吐くように言った。

「刀工の仕事は今、ないんです。包丁や鋏《はさみ》、鑿《のみ》なんかを打って、研ぎの仕事も請け負って、どうにか暮らしを立てていました。数珠丸の写しは、そこへ舞い込んできた大仕事の依頼でした。兄弟ともども、魂を込めて打ちました。何度もやり直し、納得がいくまで、必死で」

鉄蔵は語った。

岡山は古来、刀の製造がさかんな土地だ。平安京に貴族文化が栄えた頃から名刀の産地として知られていた。時代が下ると、武士階級の出現に伴い、備中の青江、備前の長船や一文字《いちもんじ》といった刀工集団が興った。

鉄蔵は備中青江派の末裔《まつえい》と言われる、ごく小さな一門に属する刀鍛冶だ。青江の古刀を模倣する技は、一門に代々受け継がれてきた。

しかし、武士の世は既に終わった。鍛刀の技を身に付けながら、鉄蔵には、いつも問いと迷いがあった。武士が刀を帯びることのなくなった今、刀に求められるのは何なのか。人々の暮らしから懸け離れてしまった刀を、それでも鉄蔵が打ちたいのはなぜなのか。

「答えを探しておりました。誰に問えばよいのか、それさえわからない問いの答えを。多摩峰トワ子からの依頼があったのは、そうした折のことでした。多摩峰トワ子は一振の太刀を所望しました」

「それが数珠丸の写しだった」

光雄の確認に、鉄蔵はうなずいた。

「法力を秘めた美しい太刀。行方《ゆくえ》のわからない幻の太刀。霊能力を操る女が身に帯びるための太刀。人を殺すためではない、特別な目的の刀を求められたのです。手前は心が騒ぎました。兄も同じでした。こんな機会は二度とないと思いました。手前ども兄弟は仕事に没頭しました」

鉄蔵は訥々《とつとつ》と語り続ける。

依頼を持ってきたのは、トワ子の弟子を名乗る男だった。東京で警備を請け負う会社を営んでいると言った。刀の目利きにも長けていた。

交渉の表に立ったのは、鉄蔵の兄だ。いつもの役割だった。鉄蔵は愛想がいいが、押しに弱い。その点、兄は責任感が強くて頭がよく、交渉に向いている。

資金は潤沢だった。トワ子が数珠丸復元の声を上げると、多額の援助金が集まったという。刀剣を愛好するにせよ、トワ子を信奉するにせよ、支持者は皆、裕福だった。

「これほど熱の入る仕事は初めてでした。天下五剣の一振、数珠丸の写しです。名刀に秘められた技を追うことで、手前は、己の生きる意味を知ろうとさえ試みました。手前の心はなぜこれほどまでに刀を打ちたいと欲するのか、己との問答を繰り返しました」

鉄蔵は、語るうちに静かな顔になっている。泉助は逆に、どこかが痛むような顔をして、鉄蔵に詰め寄った。

「答えは得られましたか？　あなたはなぜ刀を欲するのか」

鉄蔵はかぶりを振った。

「わかりませんよ。どうしたって打ちたい。刀が好きなんです。寝ても覚めても、刀のことだけが頭の中に、体じゅうに、染み付いている。そんなふうに生まれついてしまったとしか言えません」

「わからないまま打った。それでも、満足のいく刀ができたのですか？」

「満足のいくように仕上げましたとも。何振も何振も作製し、試行錯誤を重ね、最後に出来上がった一振がこちらでした」

五郎翁は、はたと気付いた顔をした。

「あれは、この太刀の兄弟刀か。襲撃に用いた太刀だ」

「さようです」

「暗がりで見たに過ぎんが、大した刀だと思った。切れ味もまた凄まじかった。どういう由来の名刀かと気になったのだ。そうか。あの太刀は、数珠丸の写しの兄弟であったか。道理で凄まじいわけだ」

ほんの少し、鉄蔵は微笑んだ。

「あれも劣っていたわけではないのです。ただ、刃文の形が、伝え聞く数珠丸とは違いすぎていました」

「写しとは呼べぬほどに」

「刃文が派手すぎまして。数珠丸はもっと静謐《せいひつ》な刃文だと、記録からは読み取れますから。それで、あの派手な刃文の太刀は、仕事のお代として赤錆に譲り渡しました」

光雄はすかさず割って入った。

「赤錆ってのは、昨夜のあの大男だな？　表向きには、研ぎ師の弟子を名乗っていた」

「はい」

「あいつは何者だったんだ？　半端な腕前じゃあなかっただろう。ヘキが刀を抜かざるを得ないなんて、めったにないことなんだぜ。なあ、ヘキ」

そっぽを向いたままの碧一は、返事の代わりに舌打ちをした。

鉄蔵は沈鬱に告げた。

「首切り請負人、と名乗っていました」

「そいつはまた物騒だな」

「赤錆は特殊な剣術の使い手でした。斬首人の一門に連なる男で、幼い頃にその剣術を叩き込まれたそうです。しかし、斬首刑が廃止され、帯刀も禁じられて、一門すべて、生きるあてがなくなった。それで、いつからか知りませんが、赤錆は流れ者として暮らしていました」

碧一はぼそりとつぶやいた。

「なんだ。梁山泊の同類か。そんなことだろうとは思ったが」

光雄は鉄蔵に問うた。

「首切り請負人と、どうやって知り合った？」

「ふらりと手前の村に流れてきた赤錆が、工房の手伝いをしてくれていたんです。初めは首切り請負人だなんて名乗っていませんでしたよ。後ろ暗いところがあるんだろうと感じさせることもありましたが、気のいい働き者でした」

「化けの皮が剝がれたのはなぜだい？　数珠丸の件のせいか？」

「そうですね。数珠丸の写しが本物として扱われていると知ったとき、手前ども兄弟が豹変したように、赤錆には見えたのでしょう。手前ども兄弟の本性に触れて、赤錆も名乗る気になったようでした」

「俺は首切り請負人だって言ったのかい？」

「はい」

「あんたは、赤錆に何を依頼したんだ？」

鉄蔵は答えた。

「復讐《ふくしゅう》を」

「多摩峰トワ子を殺せと？」

「いいえ。多摩峰トワ子ひとりでは生ぬるい。手前ども兄弟を貶《おとし》めた者たち、皆に復讐をしたいと、手前は望みました。兄の考えは聞かずじまいです。復讐は、手前ひとりで決断したことです」

「皆というのは、人斬り刀が殺した金持ち連中のことか。話し合いじゃ解決しなかったのかい？」

「その程度で解決するもんですか。東京で数珠丸がひそかに持て囃《はや》されていると、地元の刀鍛冶の間で噂になりました。兄が真相を知るために東京へ出向き、そして、手に大怪我《おおけが》をして帰ってきました。二度と鎚が持てない手にされて、数珠丸の写しのことは解決せずに」

碧一は己の右手を見た。拳を握り、手のひらに爪を立てた。

「商売道具の手を潰されたんじゃ生きていけねえ。そうなる前に、なぜ折れてあきらめなかった？」

「なぜと問われましても」

「矜持《きょうじ》なんてものがなければ、数珠丸の写しの扱いなんか、どうだってよかっただろうに。品物は納めた。金は受け取った。後は客が何をしようが知ったこっちゃねえ」

鉄蔵は何度もかぶりを振った。

「割り切れるものではありませんでした」

「わかってるよ。人間なんて、所詮《しょせん》そんなもんだ。賢くは生きられねえ」

泉助はまっすぐに鉄蔵を睨んでいる。

「しかし、だからといって、あのような事件を起こすことが正しかったとは、私には思えません。人を殺し、刀を汚して世間を騒がせた。あなた自身が、刀という美しい工芸品の価値を貶めたのですよ」

うつろな笑みが鉄蔵の顔に浮かんだ。

「承知していますとも。栄えある将来を約束された学生さんには、手前のみじめな矜持などわかりますまいが」

「わかりたいと思っています。私も刀鍛冶、会津兼定の血を引いていますから」

「刀鍛冶の血。そんなものが今の時代、何の意味を持ちますか。手前は刀鍛冶としての名を捨てて、ただの鉄蔵として、郷里を出てまいりました」

「罪に落ちることを覚悟していたのですか」

「ええ。この手はもう汚れています。手前ひとりでは何もできなかった。赤錆が申し出てくれたのです。最後に鉄蔵の役に立てるなら、罪に手を染めてばかりの無為の人生にも意味を見出せるかもしれない、と。赤錆も孤独な男でした。手前は赤錆の本当の名すら知りません」

「あなたがたは、むなしくはならなかったのですか?」

鉄蔵は吐き捨てた。

「なりましたとも。細い細い糸を手繰《たぐ》るような心持ちでした。研ぎ師のふりをして刀に近付き、多摩峰トワ子の懐に入り込み、数珠丸を写したこの太刀に再び巡り会うまでの半年、地獄のように長かった。何のために生きているのか、何度も見失いました」

泉助は仰向《あおむ》いた。苦しげに吐いた息に、涙の気配が混じっていた。

「研ぎ師の復讐劇ですか。東海道の小夜の中山に伝わる昔話にありますよね」

「ああ、夜泣き石や短刀小夜左文字《さよさもんじ》の伝説ですね」

「山賊に母を殺され、家宝の短刀を奪われた息子は、成長して研ぎ師となった。やがて山賊が研ぎ師の前に現れた。山賊は、かつて山中で母子から奪ったという話と共に、その短刀の研ぎを依頼するのです。そこで研ぎ師は復讐を果たします」

鉄蔵は暗澹とつぶやいた。

「なぜ手前を捕らえたのですか？　なぜ、赤錆と共に殺してくれなかったのです？　手前はもう、青江の刀鍛冶には戻れません。そうであるなら、生きている意味など……」

光雄は鉄蔵の肩をつかみ、揺さぶった。

「あんたを生かしたのは、事情が聞きたかったからだよ。人斬り刀の謎を解けと、そういう依頼でね。答え合わせをしたかった。数珠玉を転がして、妖刀数珠丸の噂を派手に流したのは、あんたが打った数珠丸の写しに近付くための策だった。そうだな？」

「さようです」

「あんたの目的は、数珠丸の偽装に関わったすべての者を殺すことだった。しかし、目的は最後のところで俺たちにくじかれた。多摩峰トワ子を殺せなかったからな」

鉄蔵は顔をくしゃくしゃにした。泣き顔が、笑っているようにも見えた。

「いたずらに罪を為《な》して、本懐も遂げられず、手前は何をしているんでしょう？　もう帰る場所もない。死なせてください」

「そいつは困る。あんた、死なせるには惜しい腕を持ってるみたいだからな。なあ、ものは相談だ。この梁山泊屋敷にも工房があるんだが、職人のほうがいねえんだ。あんた、ここで雇われてみないか？」

鉄蔵は目を見開いた。

「何を言うのですか。こんな罪人を相手に」

「人殺しの罪を背負っていないのは、この部屋にいる中じゃあ、泉助くんだけか。藤田先生は足を洗っておられるが、俺とヘキは今もまさに血なまぐさい。俺ら、最初っから、まともじゃねえんだよ」

光雄は、にっと笑った。

後ずさろうとした鉄蔵は、縛られた手足のために転がった。這いつくばった格好でぐるりと一行を見上げる。

五郎翁は静かに問うた。

「この太刀、潰すか？」

鉄蔵は苦しげに答えた。

「決められません。丹精込めて打った、手前にとっては最高傑作でした」

「銘が疎ましいか」

鉄蔵はうなずいた。畳にばらばらと涙と洟《はな》が落ちた。

「必死の思いで取り返したのに、こんな、消せない痕を……」

己を罰するかのように、鉄蔵は額を畳に叩き付けた。畳のささくれが額をこすり、血をにじませる。

光雄は頭を掻いた。

「どうにかならんもんですかね、藤田先生？」

五郎翁はそっけなく答えた。

「今ある茎を切断して、磨《す》り上げてしまえ」

「磨り上げるって、短くするってことですか？　できるんです？」

泉助が首を突っ込んできた。

「むろんです、できます。旧幕時代よりも前、戦国の世が長引くにつれ、戦術の変化が起こりました。刀は馬上で振るうものから、徒歩《かち》の武者が振るうものへと変わったのです。そうすると、かつての太刀は長すぎた。ゆえに、短い打刀へと直して使うことがよくあったのです」

なるほどとうなずき、光雄は鉄蔵に水を向けた。

「どうだろう、鉄蔵さん。あんたの腕を見込んで、一つ頼みたい。この太刀を磨り上げて、扱いやすい長さにして、ヘキに与えてやっちゃくれねえか？」

おい、と碧一は不満の声を上げた。光雄は聞こえないふりをしている。

鉄蔵は畳に額を押し当てたまま、くぐもった答えを返した。

「この因縁の太刀を直せと？　これを使うというのですか？」

「ヘキは刀を持ってねえ。切れりゃ何でもいいってんで、いつも借り物を使いやがるんだが、この刀なら、ヘキが持つ意味もあるだろう。だって、それこそ因縁の刀だからな。そうだろ、ヘキ？」

碧一は光雄を睨んだ。

「勝手なことを」

光雄は鉄蔵に言った。

「潰すには惜しい名刀だってのは、刀に疎い俺でも感じるよ。どうだい、鉄蔵さん。働いちゃくれねえか？　もちろん、お代は支払う。工房はここにある。必要な道具は、何だって調達してやれる」

鉄蔵は顔を上げた。

「手前はまだ刀に触れていてもよいのですか？」

鉄蔵の額の傷から血が流れ、鼻筋の脇を伝って落ちた。

光雄は重ねて問うた。

「やってくれるかい？　この太刀の磨り上げだけじゃ終わらねえよ。ここにいてくれりゃ、いつも何かしら、刃物にまつわる仕事はある。鉄蔵さんにやってもらいたい仕事がたくさんあるんだ。俺らの仲間になってくれよ」

鉄蔵の目に凄まじい光が宿った。

「一つ、条件が」

「何だ？」

「多摩峰トワ子を仇《かたき》として憎み続けてよいのなら」

光雄は笑った。

「そんなことか」

「おかしいですか？」

「いや、おかしかないが」

光雄は懐から苦無を出し、鉄蔵をいましめる縄を手早く切った。

鉄蔵は、縄の食い込んだ痕をさすった。

「どうしたって、手前は多摩峰トワ子を許せません」

「察するよ、鉄蔵さん。俺はお人好しに見えるかもしれんが、博愛主義者なんてもんじゃねえし、他人に信条の指図をできるほど御大層な人間でもねえ。鉄蔵さんが仕事をしてくれるんなら、俺はそれで十分だよ。ヘキはどうだ？」

碧一は上がり框から立った。

「それを俺に訊くか。ひでえ野郎だな」

「おう、今さら知ったか。それで、どうする？　刀、受け取るだろ？」

「おまえらの好きにすりゃあいい。俺は、誰が相手でも、斬れと言われりゃ斬るだけだ。くれるってんなら、どんな因縁のある刀だろうが、受け取ってやるよ」

長屋の戸を開ける。外は明るい。光雄の問いが背中に飛んできた。

「どこ行くんだ？」

「部屋で寝る。ゆうべは眠れなかった」

「そうかい。じゃあ、山川先生と連絡がついたら知らせるよ。依頼の経過報告をしなけりゃならんだろう」

「光雄が適当にやってくれ」

碧一は藤色の首巻をくつろげながら外へ出た。誰も呼び止めなかった。人を斬れば疲れるからなと、五郎翁がつぶやいた。


碧一は目を閉じた。まぶたの裏にちらちらと不快な光が飛んでいる。鈍い頭痛がまとわり付いて離れない。

ゆうべ、一睡もできなかったわけではない。夢が眠りを妨げたのだ。

うとうとするたびに、一つの古い情景が脳裏に現れた。はっと目覚めて振り払っても、またまどろみに引きずり込まれれば、同じ情景を夢に見た。

碧一がふじ乃と初めて言葉を交わした日のことだ。

あの夏の日は、昼下がりに突然、雨が降り出したのだ。

碧一は陸軍中央幼年学校に在籍する十四歳の少年だった。外を出歩いていたのは、夏休みの一日だったからだ。

幼い頃から通っている教会がすぐそばにあった。碧一は、通り雨が過ぎるまで軒先を借りようと思い付いた。天気がこうなのだから、少しくらい帰りが遅くなっても、養父も許してくれるはずだ。

養父もその家族も、養父の一門の者も、誰ひとりクリスチャンではなかった。教会通いは碧一だけだった。碧一は実の親の顔を知らなかった。形見は古びたロザリオのみだった。養父の勧めで、碧一はキリストの教えを学んでいた。

聖堂の屋根の下に駆け込んだときにはずぶ濡《ぬ》れだった。嵐のように強い風に見舞われたせいで、髪も服もめちゃくちゃになっていた。誰もいないと思った。碧一はシャツを脱ぎ、ぎゅっと絞った。

そのとき、空が光った。と同時に轟音が鳴った。雷だ。

うわ、と碧一は声を上げたかもしれない。声はもう一つ、聞こえた。

きゃあっ、と。若い女の声だった。軒下の隅っこに女がうずくまり、両手で耳を塞いでいた。

また稲光が走り、雷鳴が轟《とどろ》いた。

彼女は震えていた。碧一は彼女に声を掛けた。何と言ったのだったか、覚えていない。彼女は、はっと顔を上げた。知った顔だったから、碧一はたじろいだ。

教会でよく見る彼女は、碧一よりいくつか年上のようだった。女学生だろうか、と何となく感じていた。知性と気品のある物腰が美しかった。顔立ちもまた美しい人だと、碧一は思っていた。

彼女も碧一を覚えているようだった。襟に星の校章が付いた制服を着ているから、印象に残ったのだろう。

はにかんだように微笑んで、彼女は立ち上がり、さりげなくそっぽを向いた。碧一は、シャツを着ていないことを思い出した。気まずくて、言い訳をしようとした。その舌が動かなくなった。

彼女もずぶ濡れだった。白いうなじを水滴がしとどに伝っていた。碧一の目は釘付けになった。

すんなりとした女の首の付け根のあたりに、赤い痣《あざ》があった。生まれついてのものだろう。突然の風雨のために着崩れた襟ぐりから、ぎりぎりのところに、半ばのぞいていた。

蜘蛛の形だ、と思った。

ぞくりとして、体が熱くなった。とてつもなく美しいものを見てしまった。碧一に首の蜘蛛を見られたと、彼女が気付いたかどうか。

また雷が鳴った。彼女が体を縮めるのがわかった。まだ雨は降り続いていた。年上の美しい少女と二人きりで、碧一は、どうしていいかわからなかった。雨に濡れて冷えたはずの、顔や首が、火照っていた。

先に口を開いたのは彼女のほうだった。沈黙に耐えられなかったのだろう。

彼女は、ふじ乃、と名乗った。

碧一も名乗った。碧《へき》とは深い青緑色のことだと説明を添えると、ふじ乃はくすぐったそうな笑みを見せた。

存じています。今日のわたしの帯の色が、碧という色でしょう?

碧一は嬉しかった。頭が真っ白になってしまうほど嬉しくて、途端に饒舌《じょうぜつ》になった。自分のことを、ふじ乃に知ってほしかった。たくさんしゃべった。学校のこと、養父の道場のこと、英語の勉強につまずいていること、毎日少しずつ聖書を読んでいること。

ふじ乃の受け答えは控えめなものだった。それでも、碧一は胸を打たれた。ふじ乃は聡明《そうめい》で博識だった。英語に堪能で、碧一の勉強のつまずきをあっさりと解きほぐしてみせた。

かなわない、と思った。それなのに、あまり悔しくなかった。ふじ乃に英語を教わることを、すがすがしくて好ましいと感じた。

雨はあっという間にやんでしまった。空に虹がかかっているのを二人で並んで見届けて、碧一はふじ乃と別れた。

女と戸外で言葉を交わすのはよくなかったかもしれない、と後になって思った。ふじ乃が彼女の家族や、あるいは神父やシスターに訴えるかもしれないと想像して、少し怖くなった。

幸いなことに、二人きりの雨宿りのことは誰にも咎められなかった。次に教会のミサでふじ乃と目が合ったとき、彼女はそっと微笑んで会釈をしてくれた。ただそれだけで碧一は胸が高鳴り、顔が熱くなった。

恋をしていると気が付いた。誰かに教わるわけでもなく、なぜそれが恋だとわかったのだろう？

ずっと恋をしていた。教会で顔を合わせれば、互いに微笑んで、親しくも礼儀正しい言葉を交わした。それだけで胸が躍り、心が満たされた。

想いは秘め続けた。ふじ乃がいつ、碧一の知らない男のもとへ嫁いでいってしまうのかと恐れながら、何も言い出せなかった。

あの幼い恋の続きが、唐突に始まってしまった。

碧一は首筋をよぎる傷痕を撫《な》でた。

「でかい音には怯えていたくせに。雷、嫌いだっただろう？　そのあんたが、銃や爆弾を使うのかよ」

名を変えて、違う人間として生きるつもりなら、きちんと騙《だま》し通してほしかった。未練と呼ぶにはなまなましい感情が、碧一の胸を締め付ける。

碧一は呻いた。

「邪魔だったから、消そうとした？　仕事と信条が何だってんだ。惚れた女に、殺したいほど憎まれてると思って、俺がどれだけ……」

振り払っても振り払っても、まどろみが古い記憶を連れてくる。碧一は貧乏徳利に手を伸ばした。酒は、とうに空《から》になっている。

「ちくしょう」

畳を殴り付けた。粗末な布団にひっくり返り、天井の染みを数えた。疲れている。穏やかな眠りはまだ訪れそうにない。

千鶴子は、客間に居並ぶ男たちの顔をぐるりと見やって、小首をかしげた。

「では、本物の数珠丸は今どこにありますの？」

光雄は肩をすくめ、健次郎は顎を撫でた。答えない二人に視線で促され、泉助が口を開いた。

「どこにあるのでしょうね。既に失われてしまったかもしれませんが、どこかの蔵の奥にしまわれているかもしれませんし、何とも」

「手掛かりもないのですか」

「ないようです。今回の件で、私も刀剣研究の知人を訪ねて古書を調べたのですが、享保年間に編纂《へんさん》された資料に身延山久遠寺所蔵との記載があるのを最後に、杳《よう》として行方が知れません。享保年間というと、今から二百年ほど前になりますが」

「二百年ですか。大昔ですわ」

「数珠丸自体は、鎌倉時代に打たれた刀ですよ。七百年ほど前です」

「そんなに古いものが朽ちもせずに残っているだなんて、想像もできませんわね」

「御覧になりたければ、時折、東京でも刀の展覧会がおこなわれていますよ。刀剣研究は今、確立されようとしています。刀剣そのものと刀剣にまつわる資料が、愛好家たちの手によって、散逸から蒐集へと大きな流れの中にあります」

千鶴子は、ふうん、と歌うような声を漏らした。

桜の季節は過ぎ、躑躅《つつじ》と藤が咲いてしぼんだ。客間のガラス窓から望む庭では、紫陽花《あじさい》が淡く色付き始めたところだ。

光雄はじりじりしながら、碧一が来るのを待っていた。つい独り言が漏れる。

「また遅れやがって。みんな揃ってんのに、ヘキがいなけりゃ始まらねえってんだ。呼びに行くかな」

千鶴子は光雄を振り向いた。

「もう少し待ちましょう。碧一さんが身勝手なのはいつものことですもの」

「面目ありませんね。お嬢さんはこの日を楽しみにしていたのに」

千鶴子の前に一振の刀がある。刀を挟んで向かい側に、健次郎と泉助が座っている。

「すてきですわね。どんな刀なのかしら。わくわくしますわ」

刀の拵はそっけない。鞘は鉄、鍔もまた鉄で、黒々としている。柄糸と下緒は深みのある青色で、鉄の黒をいっそうきりりと引き締めている。

梁山泊屋敷には小さな工房がある。長い間、主のいない工房だった。今年の桜の頃に初めて、そこに職人が住むことになった。鉄蔵である。

ここで刀を一から打つことはありません、と鉄蔵は言った。そのほかのことなら何でもやりましょう、とも言った。

鎚で鉄を打つ音が梁山泊屋敷に響くようになった。打つたびに真っ赤な火の粉が飛び散り、時として鉄蔵の肌を焼く。鉄蔵は意に介さない様子で、ひたすら鉄を打つ。

おお、と光雄の喉から声が出た。光雄は手を挙げた。

「ようやく来たか、ヘキ」

のっそりと、碧一が現れた。庭である。長屋から本宅の客間に来るには、庭を突っ切るのが早い。

光雄は窓を開けてやった。碧一は、肌寒いわけでもあるまいに、首に手拭いなど巻いている。何ともむさくるしいことだ。

碧一は部屋の真ん中にある刀を目にするなり、顔をしかめた。

「役者が揃っているが、何の用だ？」

「何って、ヘキの刀のお披露目会だよ。言わなかったっけ？」

「とぼけるな。そんな用件、前もって聞いてたら、わざわざ来ねえよ」

「おまえの刀なんだから、おまえにも立ち会ってもらおうって話になったんだ」

千鶴子は微笑んだ。

「わたくしがそう申し上げましたの。お披露目会は必要です。泉助さんと山川先生にも御縁のある刀ですもの。きちんとお披露目するのが筋ですわ」

碧一は、顔に落ちかかる髪を掻き上げた。

「必要なときに使えりゃ、何でもいいじゃねえか。見るなら勝手に見てくれ」

立ち去ろうとする碧一の腕を、光雄はつかまえた。

「刀、抜いてみたか？」

「抜いてねえ」

「鉄蔵さんが手間暇かけて仕上げてくれたんだぞ。巻き藁《わら》相手に試し斬りでもしてみたらどうだ？」

「巻き藁でも何でも、切りたいなら光雄が自分でやれ。俺はやらねえ」

千鶴子は立ち上がった。

「お待ちになって、碧一さん。お話はまだ途中です。ほかにもお願いしたいことがありますし」

碧一はため息をついた。

「何だよ」

「わたくし、今度、お友達と青洋軒でお食事会をしますの。そのときは碧一さんにも御伴してもらいます」

「どうして俺が」

「由子さんからの御指名です。碧一さん、由子さんのことを気に掛けていらしたでしょう？」

「俺が気に掛けていたのは女学生のことじゃない。その家の事業のことだ。半端に関わり合っちまったから」

光雄と泉助が視線を交わした。一夜でめっきり老け込んでしまったような庄右衛門の姿は記憶に新しい。

千鶴子は、さらりと髪を払った。

「御心配なく。このところ、由子さんのお祖父さまのお仕事は順調のようです。由子さんが意に沿わない結婚を急《せ》かされることもなさそうで、わたくしもほっとしていますわ」

「事業が持ち直したのか」

「多摩峰トワ子さんの御守の御利益ですって」

「くだらねえ冗談を言うなよ、お嬢さん」

「あら、由子さんのお祖父さまがトワ子さんの助言を得ていらっしゃるのは本当のことですわ。由子さんがそうおっしゃっていました。トワ子さん、今どちらにいらっしゃるのでしょうね」

碧一はそっぽを向き、口を引き結んだ。

あの春の一夜、トワ子の正体を知った。翌日の夕刻、碧一は向島の館へ足を運んだが、既にもぬけの殻だった。トワ子の住まいは横浜にあるというが、少し探ったくらいでは居場所を突き止められなかった。

相変わらず多摩峰トワ子の噂は耳に届いている。再び会うことは難しくあるまい。だが、碧一は敢《あ》えて行動を起こそうとはしなかった。光雄もわざわざ首を突っ込んでくるつもりはないらしい。

千鶴子がなおも話し掛けてこようとする。碧一は、唇の前に人差し指を立ててみせた。

「ちょっと声を落としてくれねえか。お嬢さんがここで騒ぐと、長屋にまで声が響いてくるんだ」

「まあ。わたくし、騒いでなんていません」

「それでもだ。しゃべるんなら、もっと静かにしゃべれ。鉄蔵はようやく寝たところだったみたいだぞ。その刀の拵を仕上げるためだったんだろうな。さっき顔を見たとき、ふらふらになっていた」

千鶴子は口を覆った。

「それは……ごめんなさい、わたくしったら」

泉助はそっと刀を抱き上げると、座を立って窓に近寄った。

「碧一さん、この刀に号を与えませんか？」

「号？　名前を付けろってか？」

「いつまでも、数珠丸写しの磨り上げ、と呼ぶのもなんですし。鉄蔵さんは、刀工としての名を捨ててここへ来たとおっしゃいました。ですから、刀工名を冠して呼ぶこともできません」

「呼べる名がないなら、無名とでも呼べばいい」

「無名丸ですか」

健次郎が異を唱えた。

「物事に名を与える行為は意味が大きい。慎重であるほうがいいぞ」

千鶴子は思案顔をしている。碧一の刀の腕はかなりのものだと光雄が教えたら、千鶴子は目を丸くした。碧一は木刀を振るって鍛錬をすることとさえないから、想像がつかないという。

ぱん、と小気味のいい音がした。千鶴子が手を打ったのだ。

「思い付きました。鉄蔵さんが拵に青みを添えたのは、碧一さんのお名前に由来するのですわ、きっと。でしたら、刀にも、青にまつわる号を与えなければ。瑠璃丸《るりまる》というのはいかがでしょう?」

碧一の目が刀を見、千鶴子を見た。

「瑠璃丸」

「無名よりは、きちんと考えましてよ?」

碧一は息をついた。泉助に抱えられている刀の鞘を、ぽんと、はたく。

「そういうことらしいぞ、刀。おまえは瑠璃丸だと。お嬢さんに名付けてもらったんだ。果報者だな」

ほっと、空気がなごんだ。千鶴子は嬉しそうに、瑠璃丸、瑠璃丸と、刀の名を舌の上で転がしている。

健次郎がしみじみと言った。

「結局、此度《こたび》の事件も人が引き起こしたものだった。怪異の類《たぐい》のしわざではなかったわけだ」

健次郎はジャケットの内ポケットから扇子を取り出した。仲骨に鬼百合の絵が描かれている。

泉助は眼鏡を押し上げた。

「以前、山川先生の教授室で拝見した扇子ですね。不思議な現象が起こった扇子。私には、その謎はまだ解けません」

千鶴子は目を輝かせた。

「不思議な現象？　一体、何が起こったのですか？」

健次郎は、どこかいたずらっぽい笑みを浮かべた。

「御覧になるかな？　ほら、このとおり」

健次郎の手がゆらゆらと扇子を揺すった。その手を止めると、仲骨から鬼百合の絵が消えている。再び揺すると、鬼百合が現れる。

光雄も泉助も身を乗り出した。健次郎は扇子を揺すり、あるいはつるりと撫でる。そのたびに鬼百合が現れたり消えたりする。

碧一は窓枠に頬杖《ほおづえ》を突いた。

「狸親父《たぬきおやじ》に化かされるのはおもしろくねえ」

健次郎は肩をすくめた。

「この程度で化かされるとは、貴君らも案外、かわいらしい」

千鶴子が笑い出した。ころころと鈴の音のような、屈託のない笑声だ。

「まあ、碧一さんまで騙されておいでなのですか。山川先生のおっしゃるとおりですわ。かわいらしいこと」

碧一は、むっとした。その顔を見て、千鶴子はなおも笑う。

健次郎はにやりとして、千鶴子に問うた。

「種がわかったのかね?」

「ええ。見えましたわ。わたくし、どうやら人より目がよいようで」

「何が見えた?」

「山川先生は扇子を揺すったり撫でたりなさるとき、同時に扇子を裏返していらっしゃいます。鬼百合の絵が描かれたほうを表とするなら、裏には何も描かれていません。表と裏をくるりと入れ替えることで、絵が現れたり消えたりするように見せているのですわ」

健次郎は手を叩いた。

「お見事。正解だ」

何も描かれていない扇子を裏返すと、重ねた仲骨の上に鬼百合の絵がある。

光雄はぽかんと口を開けた。

「それだけの仕掛けだったんですかい」

健次郎は扇子を開き、はたはたと風を起こしてみせた。

「手妻の種は、単純であればあるほど見破られにくい。そんなものだ」

扇面に描かれた水墨画は、山中に遊ぶ虎たちの絵だ。互いの尻尾《しっぽ》にじゃれ付いたり取っ組み合いをしたりと、やんちゃな子猫のように幼げである。

碧一は、ぷいと背を向けた。

「話は終わったよな。俺はもう行くぞ」

今度こそ、庭の向こうへ去っていく。

身軽な光雄はひょいと窓枠を越え、碧一を追い掛けた。

「おい、ヘキ。後で鉄蔵さんを誘って飲もうぜ」

「瑠璃丸の完成祝いか？」

「そういうことだ。酒を見繕っておいてくれよ」

碧一は立ち止まった。

「そういや、藤田の爺さんが取り寄せた、会津のうまい酒があるそうだ。ちょっともらってくるか」

「藤田先生ごと、かっさらって来いよ」

「それもいいな」

碧一は笑った。ちゃんと笑うと、頰に縦長のえくぼができる。歯並びが存外きれいだ。

千鶴子が窓から身を乗り出した。

「二人で何を話していますの？　わたくしは仲間外れですか？」

光雄はただ、肩をすくめた。碧一も答えず、ひらりと手を振った。

梅雨《つゆ》を前にした、初夏の最後の晴れ間である。うつろいやすい紫陽花が、今はまだ、みずみずしく青白い色を咲かせている。

―本書のプロフィール―

本書は、小学館文庫のために書き下ろされた作品です。

小学館文庫

帝都《ていと》の用心棒《ようじんぼう》
血刀数珠丸《けっとうじゅずまる》

著者　馳月基矢《はせつきもとや》

二〇二一年一月九日　　初版第一刷発行

発行人　飯田昌宏
発行所　株式会社　小学館
〒一〇一−八〇〇一
東京都千代田区一ツ橋二−三−一
電話　編集〇三−三二三〇−五九五九
　　　販売〇三−五二八一−三五五五
印刷所 ──── 中央精版印刷株式会社

ISBN978-4-09-406868-9